Winkelzüge

Winkelzüge

Roman

Christa Lieb

Verlag: BoD · Books on Demand GmbH,
In de Tarpen 42, 22848 Norderstedt, bod@bod.de

Druck: Libri Plureos GmbH, Friedensallee 273,
22763 Hamburg

ISBN: 978-3-7693-7671-5

»Eine Erkenntnis von heute,
kann die Tochter eines
Irrtums von gestern sein«

M. v. Ebner-Eschenbach

Kapitel 1

Gernot Ziegler hatte nicht nur ein Gespür für Finanzierungsoptionen, sondern auch für die Wünsche und Erwartungen der Frauen, die mehr oder weniger lang seinen Weg kreuzten.

Heute hatte er vor, seine *Ehefrau* glücklich zu machen.

Das würde ihm den nötigen Freiraum für die entscheidenden Wochen, die vor ihm lagen, verschaffen.

Seine Karriere als Anlageberater begann mit Geschäften ohne große Risiken; immer zum Wohl seiner Kunden.

Er hatte es zu einem ansehnlichen Wohlstand gebracht. Besaß eine Villa in einem der angesagten Wohnviertel der Stadt, in seiner Garage stand ein Wagen der Luxusklasse. Etliche seiner Bekannten beneideten ihn; auch um seine gut zehn Jahre jüngere Ehefrau.

Er hätte sich durchaus damit zufriedengeben können, doch dann beschloss er, sein Geschäftsmodell auf eine höhere Stufe zu stellen.

Er verabscheute Stillstand. Stillstand war etwas für Looser.

Diese Entscheidung fiel nicht zuletzt nach dem unangenehmen Gespräch mit einem großmäuligen Konkurrenten in einer Bar in Zürich.

Bei dem feuchtfröhlichen Treffen hatte der über seine moderaten Geldanlagen gespottet.

»Reich wirst du damit nicht. Du musst schon was riskieren, wenn du erfolgreich sein willst. Und das willst du doch, oder etwa nicht?«

Gernot konnte den Kerl nicht ausstehen, fand ihn vom Intellekt her weit entfernt von seinem eigenen. Und dieses Würstchen wollte ihm allen Ernstes weismachen, er hätte nicht den richtigen Riecher fürs große Geschäft? Das konnte er nicht auf sich sitzen lassen.

Wieder zu Hause begann er zu recherchieren und stieß auf *Bernard L. Madoff,* der es mit einem raffinierten Schneeballsystem auf sagenhafte 50 Milliarden Dollar gebracht hatte. Dass dieser Typ mittlerweile zu 150 Jahren Gefängnis verurteilt worden war, Schwamm drüber.

Er musste ja nicht gleich am ganz großen Rad drehen; ein kleines Stück des Kuchens würde ihm genügen. Er durfte nicht zu gierig sein und sich nicht erwischen lassen. Dafür würde er all seine Raffinesse aufbieten. Das hatte er sich bei einem Glas guten Wein versprochen.

***

»Kleines, packe ein paar Klamotten zusammen, wir machen eine Reise.«

Doro sah Gernot erstaunt an. »Eine Reise? Das kommt überraschend.«

»Spontane Ideen sind die Besten. Also los.«

»Und was für Kleider sollen es sein? Schick, bequem, für warm oder kalt? Du musst mir schon einen kleinen Tipp geben.«

Gernot bemühte sich um Gelassenheit. Nur nicht die Stimmung trüben.

»Am besten etwas für jede Gelegenheit. Man weiß ja nie.« Er zwinkerte ihr schelmisch zu.

»Gut. Ich beeile mich. Wann fahren wir los? Reicht es noch für einen Besuch beim Frisör?«

»Nein. Du bist auch ohne Frisörbesuch hübsch genug.«

Doro prüfte penibel den Inhalt ihres Koffers.

Wäre zu blöd, wenn ich in der Eile die wichtigsten Dinge vergessen würde. Schmuck? Make-up? Ein Buch? Alles da!

»Da bist du ja endlich.« Gernot seufzte sichtlich genervt, als sie ihren Koffer die Treppe herunterschleppte.

»Als Gentleman wäre das hier dein Job gewesen«, tadelte sie ihn, auf den Koffer deutend.

»Sorry. Wie unaufmerksam von mir. Wird nicht wieder vorkommen. Gib mal her.«

»Wo sind deine Sachen?« Doro sah sich um.

»Schon im Wagen.«

»Ach, Gernot, wie aufregend. Ich freu mich so.«

Gernot fuhr zügig, wie es seine Art war. Doro hätte niemals gewagt, dermaßen riskant an den großen Lastwagen vorbeizufahren; jede Lücke nutzend. Manchmal hielt sie die Luft an. Aber immer ging es gut.

»Entspann dich. So läuft es nun mal auf der Autobahn.« Er tätschelte ihr beruhigend das Knie.

Sie wischte seine Hand beiseite. »Die gehört ans Lenkrad; besonders bei diesem Tempo.«

»Du bist wirklich ein kleiner Angsthase. Du solltest öfter Autobahn fahren.«

»Das überlasse ich gern dir ... Fahren wir in die Schweiz?« Doro deutete auf das Hinweisschild.

»Vielleicht.«

»Ach, du nimmst mich nur mit zu einem deiner langweiligen Geschäftstermine?«

Doro konnte ihre Enttäuschung kaum verbergen.

Was soll ich in der Schweiz? Gernot verbringt die Tage mit irgendwelchen Geschäftsleuten und ich langweile mich im Hotelzimmer. Wenn ich das gewusst hätte.

Die nächsten Kilometer verbrachten sie schweigend.

Gernot freute sich diebisch auf Doros Reaktion, wenn er ihr die Überraschung präsentieren würde.

Soll sie ruhig eine Weile schmollen.

Aber Doro war keine Frau, die lange schweigen konnte. Und so hielt sie sich nur bis kurz nach Basel zurück.

»Willst du mir nicht endlich verraten, wohin du mich bringst?«

»Sei nicht so ungeduldig, Kleines.«

»Stunden auf der Autobahn, da darf ich ungeduldig sein. Findest du nicht auch?«, schmollte Doro.

»Das verdirbt nur die Überraschung.«

Doro gab sich nur vordergründig zufrieden und schaute gelangweilt aus dem Fenster. Es musste schon eine großartige Überraschung sein, wenn sie ihrem Mann diese Zumutung verzeihen sollte.

Auf der Schweizer Autobahn ging es zivilisierter zu. Sie entspannte sich.

Seltsam, wir fahren am Abzweig Zürich vorbei. Warum? Gernots Geschäftsreisen führen doch immer nach Zürich. Okay, ich werde mich gedulden.

Sie lehnte den Kopf zurück, schloss die Augen und schlief tatsächlich ein. Das war ihr schon lange nicht mehr passiert.

Gernot war zufrieden. Eine schlafende Frau stellte keine neugierigen Fragen und so hatte er ausreichend Muße, seinen Gedanken nachzuhängen. Bis jetzt lief alles nach Plan.

Gernot hatte die Autobahn inzwischen verlassen und fuhr jetzt über enge, kurvenreiche Straßen.

Doro spürte die Veränderung und wurde wach.

Wir fahren immer noch. Sie massierte ihren steifen Nacken und registrierte, dass sich Kopfschmerzen ankündigten.

Auch das noch! Ich könnte jetzt gemütlich mit einer meiner Freundinnen auf der Terrasse des Tennisclubs sitzen und den neuesten Klatsch austauschen. Stattdessen ...

»Wow, was für eine Aussicht.« Beim Blick auf den malerischen See vergaß sie Freundinnen, Tennisclub und Klatsch.

»Wo sind wir?«, fragte sie aufgeregt.

»Das, mein Schatz, ist der Comer See. Und dort unten wartet ein ganz besonderes Bonbon auf dich.«

Augenblicklich war Doro hellwach. »Comer See? Der See, an dem George Clooney eine Villa besitzt? Ich werd' verrückt.«

»Was du alles weißt«, spöttelte Gernot.

»Vielleicht ist er gerade da und läuft uns gar über den Weg. Wenn ich das meinen Freundinnen erzähle. Die flippen aus.«

Gernot Ziegler schmunzelte zufrieden. Er hatte mal wieder den richtigen Riecher gehabt – zumindest was seine Frau betraf.

Gemächlich fuhren sie durch die engen Gassen von Cernobbio. Der malerische Ort war ein wahrer Augenschmaus. Schmale Häuser, mit üppiger Blütenfülle geschmückt, schmiegten sich vom Ufer bis in halbe Höhe der Hügel.

In Seenähe standen zahlreiche imposante Villen im viktorianischen Stil. Eine beeindruckende Kulisse vor dem Blau des Himmels und des Wassers, auf dem viele Boote ihre Bahnen zogen.

In Seenähe hielten sie an.

»Warum halten wir hier? Sollten wir nicht zuerst in unser Hotel …«

»Steig aus, Schatz, wir sind am Ziel.«

»Ich verstehe nicht. Hast du denn kein Zimmer reserviert?«

Gernot deutete auf die kleine Villa mit Erkern und Türmchen und einem gepflegten Rasen, der eingesäumt war von blühenden Sträuchern und Blumenbeeten. Schmale Zypressen ragten in den Himmel und in einer Ecke stand gar eine Palme, die allerdings im letzten Winter wohl etwas gelitten haben musste.

Doro sah ihn fragend an. »Ein sehr schönes Haus. Ist das eine besondere Sehenswürdigkeit, oder warum sind wir hier?«

Er griff in seine Jackentasche und hielt ihr einen Schlüssel hin. »Es ist *dein* Haus, Kleines. Na, ist die Überraschung gelungen?«

Doro hüpfte herum, kreischte und klatschte in die Hände, wie eine Dreijährige am Weihnachtsabend.

Sie sprang an ihm hoch und küsste ihn stürmisch. »Ich liebe dich, Gernot.«

Er tätschelte ihr den Rücken und meinte gönnerhaft: »Ich weiß, Doro, ich weiß. Lass uns hineingehen.«

Dass Clooneys Villa in einem anderen Ort am See steht, wird sie schon verschmerzen.

Die folgenden Tage verliefen harmonisch und ganz nach seinem Geschmack. Kein Stress, keine schlechten Nachrichten. Doro verwöhnte ihn in jeder Hinsicht und ihm gelang es, eine Weile abzuschalten.

Sie fuhren mit einem Ausflugsboot über den See, genossen die Sonne am Strand von

Belaggio und speisten fürstlich im Grand Hotel Tremezzo.

Doro war verzückt. Wann hatte Gernot sich zuletzt so viel Zeit für sie beide genommen? Sie konnte sich kaum erinnern.

Ob er einen großen Auftrag an Land gezogen hat? Was sonst wohl sollte der Grund für diese Großzügigkeit sein?

Nach einer Woche wurde Gernot unruhig. Er musste dringend nach Zürich fahren, um letzte Vorbereitungen für die Umsetzung seines Plans zu treffen.

»Kleines, Dolce Vita hat jetzt leider ein Ende. Die Geschäfte rufen.«

»Och, schade.« Doro sah ihn enttäuscht an.

»Du, pass auf, wie wär's, wenn *du* noch ein paar Tage dranhängst? Ich habe in Zürich ein paar wichtige Dinge zu erledigen. Mitte der Woche komme ich wieder her und hole dich ab. Was hältst du davon?«

»Oh ja, das wäre großartig. Es ist so schön hier. Und vielleicht treffe ich ja doch noch auf George Clooney.« Sie lächelte ihn verschmitzt an.

***

Manchmal kamen Gernot Ziegler leise Zweifel, ob er den richtigen Weg eingeschlagen hat.

So auch jetzt, während er zügig Richtung Zürich fuhr.

Zu seinem Schachzug, einen Teil des Geldes in den Erwerb der Villa am Comer See zu stecken, gratulierte er sich jedoch.

Doros Haus, folglich könnte niemand seine gierigen Finger danach ausstrecken, sollte es hart auf hart kommen. Ihnen bliebe ein angenehmer Platz zum Leben, war sein Kalkül.

Ihm war nicht entgangen, dass die Luft zunehmend dünner wurde und es eng für ihn werden könnte. Aus diesem Grund war er schon eine Weile damit beschäftigt, Vorkehrungen zu treffen. Der heutige Besuch bei seiner Bank in Zürich wäre ein weiteres Mosaiksteinchen, um heil aus der Sache herauszukommen.

Bisher war sein Aufstieg zum Anlagebetrüger stetig und steil verlaufen. Zuerst graste er Freunde, Bekannte und Verwandte ab; versprach ihnen das Blaue vom Himmel. Sogar vor Doros Vater machte er nicht halt.

Er hielt die Leute bei der Stange, indem er anfangs regelmäßig Dividenden auszahlte. Das funktionierte, solange er immer wieder neue Kunden gewinnen konnte.

Doch auch die Gier seiner Kunden wurde immer größer. Obwohl in vielen Medien ständig vor unrealistischen Traumrenditen gewarnt wurde, gelang es ihm noch immer, dicke Fische an Land zu ziehen.

Falls einer der Interessenten nach Garantien, Qualitätssiegeln und so weiter fragte, brach er mithilfe glaubwürdig klingender Ausreden den Kontakt ab.

Seine Finanzblase wuchs und wuchs. Er musste aufpassen, dass er nicht den Überblick verlor. Und der Erfolg stellte ihn zusehends vor Probleme. Ihm fehlten irgendwann schlichtweg flüssige Mittel, um zufriedenstellende Auszahlungen zu tätigen.

Doch bei all den sich anbahnenden Unwägbarkeiten, hatte er persönlich seine Schäfchen längst im Trockenen. Gut verwahrt auf einer verschwiegenen Bank in der Schweiz. Und er hatte klug investiert. Die Villa am Comer See war eines dieser Objekte, die sein Vermögen sichern sollten.

Kapitel 2

Die Euphorie, die ihn nach seinem Besuch in Zürich erfasst hatte, ebbte schneller ab, als ihm lieb war.

Nur Doro schwebte auch Wochen danach noch immer auf Wolke 7. Kaum ein Tag war seitdem vergangen, an dem sie sich nicht mit einer ihrer zahlreichen Freundinnen getroffen hatte, um ausführlich über sein großzügiges Geschenk zu berichten. Das Haus, der See und George Clooneys Villa ganz in der Nähe, wie sie nicht müde wurde zu betonen.

In ihrer Naivität unterschätzt sie den Neid, den solche Geschichten auslösen können. Sie sollte vorsichtiger sein, ging ihm hin und wieder durch den Kopf.

Schließlich gehörten auch etliche der Ehemänner zu seinen Kunden. Und er war nicht sehr erpicht darauf, dass die, angeregt durch die Prahlerei seiner Ehefrau, anfingen, nach ihren Dividenden zu fragen.

***

Seine Sorgen häuften sich. Immer öfter flatterten ihm unangenehme Nachfragen ins Haus.

Langsam gingen ihm die glaubwürdig klingenden Ausreden für die Kunden aus.

Die Tatsache, dass einige von ihnen mittlerweile mit einer Sammelklage durch die bekannte Kanzlei Berg drohten, zerrte besonders an seinen Nerven.

Wie er aus bestens informierter Quelle wusste, könnte es bald brenzlig für ihn werden. Er musste sich zügig darauf vorbereiten, sich und sein Vermögen in Sicherheit zu bringen.

Vielleicht hätte ich mich mit weniger zufrieden geben sollen.

Einen winzigen Augenblick verspürte Gernot den Anflug von schlechtem Gewissen. Doch dieser Bruchteil einer menschlichen Regung verflog so schnell wie die Zeiteinheit *Sekunde* auf seiner kostspieligen Armbanduhr.

Er erinnerte sich nur allzu gut an die Gier in den Augen seiner potenziellen Kunden, ihre Ungeduld, wenn es um das Unterschreiben der Dokumente gegangen war.

Sie alle waren nicht frei von Schuld. Und was ihn betraf, hatte er – so wie immer in heiklen Situationen – einen passablen Plan; einen Ausweg für alle Fälle.

Er lehnte sich in seinem bequemen Sessel zurück, ließ den goldgelben, 25 Jahre alten *Caol Ila* genüsslich über seine Zunge gleiten und schloss genießerisch die Augen.

Bis es so weit war und er seinen Plan umsetzen musste, würde er weiterhin unbeschwert genießen. Schließlich hatte er dafür gesorgt, dass *sein* Leben danach auch lebenswert sein würde.

Und Doro? »Ach ja, Doro«, seufzte er, »die junge, unbedarfte Doro.«

Anfangs hatte er sich in ihrer grenzenlosen Bewunderung gesonnt, doch sieben Ehejahre später, vermisste er hin und wieder eine Partnerin auf Augenhöhe.

Leise Schritte auf dem Flur; die Tür öffnete sich.

Ein Klick und der Bildschirm vor ihm wurde dunkel. Gernot hob den Kopf und sah seine Frau an. Ein Lächeln umspielte seinen Mund.

»Warum schläfst du noch nicht, Kleines? Es ist schon spät.«

Doro schmiegte sich an ihn. »Ich finde keine Ruhe, wenn du nicht bei mir bist.« Sie küsste ihn sanft in den Nacken.

»Das bildest du dir bloß ein. Wenn ich unterwegs bin, schläfst du doch auch wie ein Murmeltier; und zwar so tief und fest, dass du meine Anrufe ignorierst.«

Sie schaute ihn beschämt an. »Das war ein einziges Mal, Gernot. Warum wirfst du mir das immer wieder vor? Ich habe mich doch entschuldigt.«

»Das hast du. Aber schließlich hat mich dein Tiefschlaf eine hübsche Stange Geld gekostet, Schätzchen. Das vergisst man nicht so schnell.« Er stand auf und umarmte sie kurz. »Aber du hast vollkommen Recht. Schwamm drüber. Lass uns zu Bett gehen. Der Tag war lang.«

Als er Doros gleichmäßige Atemzüge vernahm, schlich er aus dem Schlafzimmer und ging zurück an seinen Schreibtisch. Dort verbrachte er die nächtlichen Stunden und mit jedem Klick wuchs das Gefühl, das ihn schon seit einigen Wochen umtrieb. Es war eine Mischung aus Aufgeregtheit und freudiger Erwartung. Und diebischer Genugtuung, die ihn immer dann erfasste, wenn ihm ein riskanter Clou gelang; was in den letzten Jahren häufig vorgekommen war.

Doch jetzt galt es, alles Erdenkliche zu tun, damit er die angesammelten Früchte auch genießen konnte. Damit das gelang, opferte er gern seine Nachtruhe.

Draußen wurde es Tag. In den großen Bäumen vor dem Fenster war erstes verhaltenes Piepen zu hören. Die aufgehende Sonne schmückte den Tagesbeginn mit einem nahezu dramatisch anmutenden Horizont in flammendem Orange. Auf der Straße vor dem Haus waren erste Frühaufsteher unterwegs, in der Nachbarschaft bellte ein Hund.

Er rieb sich die müden Augen.

Höchste Zeit, zurück ins Ehebett zu schleichen.

***

Die Sonne stand schon hoch am Himmel, als sich die Zieglers auf der schattigen Terrasse an den reichlich gedeckten Frühstückstisch setzten.

Betrübt schaute Doro hinüber zu Gernot, der sich, wie nahezu jeden Morgen, hinter einer Zeitung verschanzte. So, als wolle er sich vor ihr abschotten, seine Gedanken vor ihr verbergen.

Wann hat dieses unhöfliche Verhalten angefangen, fragte sie sich.

Sie konnte sich noch gut an besseres Benehmen erinnern. An Momente, in denen sie lachten, Zärtlichkeiten austauschten oder gemeinsame Pläne schmiedeten. Davon war leider nur noch wenig zu spüren.

»Möchtest du noch eine Tasse Kaffee?«

»Mmh.«

»Ich habe mit Robin Hood geschlafen und mir einen roten Ferrari bestellt.«

»Mmh«, brummelte Gernot.

Schluss damit!

Doro schlug mit der Faust auf den Tisch; das feine Porzellan klirrte.

Erschrocken schaute Gernot über den Zeitungsrand. »Bist du jetzt vollkommen übergeschnappt? Mich so zu erschrecken!«

»Sieh an, er hört *und* er kann reden.« Doro stand auf und ließ ihren verdutzten Mann sitzen.

Verdammt, für seine Pläne brauchte er eine ihm wohlgesonnene Ehefrau, keine frustrierte. Das musste er schnellstens wieder geradebiegen. Und er hatte auch schon eine Idee.

Abends legte er ihr eine feingliedrige Kette, deren unzählige Edelsteine in Regenbogenfarben glitzerten, um den Hals und Doro reagierte wie erwartet.

Sie schmiegte sich an ihn und küsste ihn innig.

Sein gemurmeltes »Morgen muss ich in die Schweiz« ging in ihrer Freude fast unter.

»Schweiz? ... Schon wieder ... Darf ich mitkommen?«, fragte sie atemlos zwischen zwei Küssen.

»Nein, Kleines, dieses Mal nicht. Ich habe ein strammes Programm zu absolvieren und folglich keine Zeit, um mich um dich zu kümmern. Sorry.«

»Och«, schmollte sie.

»Nächsten Monat fahren wir an den Bodensee. Dann nehme ich mir alle Zeit der Welt für dich. Versprochen.«

»Bodensee.« Sie zog missmutig die Stirn in Falten. »Da hängst du doch nur wieder jeden Tag auf dem blöden Boot rum ... obwohl du genau weißt, dass ich Segeln verabscheue. Wozu eine Villa am Comer See, wenn wir an den langweiligen Bodensee fahren?« Die Freude über das kostspielige Geschenk war verflogen. »Ich geh schlafen. Du hast sicher noch zu tun.«

Offenbar hätte ich mir das Geld sparen können, dachte Gernot auf dem Weg zu seinem Schreibtisch. *Egal, bald wird das alles keine Rolle mehr spielen.*

Kapitel 3

Valentina Monteros Tagesablauf war strikt. Jeden Morgen absolvierte sie ein strammes Fitnessprogramm. Je nach Jahreszeit und Wetter verbrachte sie die ersten zwei Stunden mit Laufen, Schwimmen, Radfahren, Yoga.

Erst danach fühlte sie sich gewappnet für den Tag und ihren Job, den sie liebte und der ihr Leben bestimmte.

Es hatte gedauert, ehe sie in diesem noch immer von Männern dominierten Geschäft Fuß fassen konnte. Und obwohl sie inzwischen etliche Erfolge vorweisen konnte, stieß sie auch jetzt noch immer wieder auf Zweifel und Vorbehalte.

Sie nahm es sportlich. Vielen Frauen ging es in anderen Berufen nicht anders.

Die Erinnerung daran, in welch bescheidenen Verhältnissen sie in den ersten Jahren gelebt hat, war noch allgegenwärtig.

Mit dem wenigen Geld, dass sie mit diversen Jobs in Spanien verdient hatte, war sie in manchen Monaten kaum über die Runden gekommen.

Keine Arbeit war ihr dort zu gering gewesen. Von Bedienung in einem Restaurant, über nervige Stunden in einem Call-Center, bis zum Einräumen von Lebensmitteln in einem riesigen Supermarkt, war alles vertreten gewesen, was sie einigermaßen über Wasser hielt und – wenn auch wenig – Geld brachte.

Immer wenn sie abends müde ins Bett gefallen war, hatte sie an ihren großen Traum gedacht und das half ihr dann am nächsten Tag trotz Schlafmangel und Kopfschmerzen zurück zu diesen ungeliebten Jobs zu gehen.

Diese schweren Jahre in Spanien und anfangs in Deutschland, gehörten inzwischen der Vergangenheit an. Mit Ausdauer und starkem Willen hatte sie es zu gewissem Wohlstand gebracht.

Besonders zufrieden machte sie die Tatsache, dass sie es sich mittlerweile leisten konnte, nur seriöse Aufträge anzunehmen, um ihr Apartment abzu- bezahlen und eine angenehme Lebensart zu pflegen.

Doch dieser wahrgewordene Traum hatte auch einen Preis.

Ihr Leben unterschied sich fundamental von dem Leben anderer Menschen ihres Alters.

Abseits ihrer Arbeit hatte sie zu niemanden engeren Kontakt oder gar eine Beziehung in der Stadt, in der sie lebte. Und im Grunde genommen galt das für das ganze Land.

Sie wohnte in einem großen Wohnkomplex am Rande der Stadt, wo sich niemand darum scherte, wer neben, unter oder über einem wohnte.

Diese bewusst gewählte Art Leben, das hin und wieder einsam war, wie sie sich eingestand, hatte einen triftigen Grund: Sie wollte unbedingt vermeiden, dass ihr während einer kniffligen Observation irgendwelche Bekannte in die Quere kamen.

Aber Valentina wäre nicht Valentina, hätte sie nicht auch gegen dieses bohrende Gefühl, das hin und wieder ihre Tage beherrschte und ihr offenes Wesen in einen Schleier hüllte, eine passende Lösung.

Einmal im Jahr setzte sie sich für mehrere Stunden in ein Flugzeug, überquerte den Atlantik, tauchte ein in laute, quirlige Treffen, vergnügte sich bis spät in die Nacht mit Tango tanzen. Und frönte, wenn ihr danach war, leidenschaftlicher Zwei-samkeit mit Thiago, einem Freund aus Kindertagen, der seine Freiheit über alles liebte und hin und wieder auch Valentina. Sie genossen ihre erotischen

Zusammenkünfte. Doch sie waren sich einig darüber, dass ihre Zukunft niemals eine gemeinsame sein sollte. Zu verschieden war ihre Art, das Leben zu bestreiten.

Das Leben, das sie fernab führte, war ihr Geheimnis. Keiner dort wusste, welcher Beschäftigung sie nachging, geschweige denn, in welchem Land, in welcher Stadt sie wohnte.

Wenn die Fragen überhandnahmen, nannte sie sich eine Weltbürgerin, erzählte von einem nervigen Job als Assistentin eines weitreisenden Geschäftsmannes, der sie rund um die Welt führte; von langweiligen Abenden in Hotelzimmern. Selbst dass sie den Nachnamen ihrer Großtante mütterlicherseits benutzte, ahnte niemand.

Diese Entscheidung war unabdingbar für sie gewesen. Und sie dankte noch heute dem Himmel, dass die spanischen Behörden es ihr so leicht gemacht hatten.

Der Familienname ihres Vaters war verbrannt, unbrauchbar, seit sie wusste, welche Rolle er als unbarmherziger Richter während der Militärdiktatur, etliche Jahre vor ihrer Geburt, gespielt hatte.

Nachdem ihr Andeutungen zu Ohren gekommen waren, hatte sie begonnen zu recherchieren, hatte sich durch Berge von

Ermittlungsakten gewühlt, kaum auszuhaltende Dokumentationen gesehen, in denen verzweifelte Menschen Antworten auf den Verbleib ihrer Liebsten verlangten.

Sie wurde bei ihrer Suche konfrontiert mit für sie bis dahin unvorstellbaren Grausamkeiten. Sah geschundene Körper, übersät mit Folterspuren. So viel Schmerz. So viel Leid. Und ihr Vater war Teil dieses Unrechts gewesen.

Die bittere Wahrheit hatte sie tief erschüttert. Noch immer schauderte sie, wenn sie daran dachte.

Als ihr Vater vor vielen Jahren gestorben war, hatte sie aufgeatmet. Einzig die Erinnerung an seine erbarmungslose Strenge und Disziplin und seine grenzenlose Enttäuschung darüber, dass ihm *nur* eine Tochter vergönnt war, waren von ihm geblieben.

Zum Glück war für ihre gekränkte Kinderseele immer die weiche Brust ihrer Großmutter Ana, deren tröstende Arme und liebevollen Worte für sie da. Voller Dankbarkeit dachte sie noch immer an sie.

An ihre Mutter konnte sie sich kaum erinnern. Die war der Tyrannei ihres Gatten entflohen, als Valentina noch ein kleines Kind gewesen war.

Dann war der Tag gekommen, den sie herbeigesehnt hatte. Sie hatte genug Geld beisammen, um ein eigenständiges Leben führen zu können. Endlich konnte auch sie das Land ihrer Kindheit und der bitteren Wahrheiten verlassen.

Ihr erstes Ziel war Spanien, der Sprache wegen. Doch auch dort wollte sie nicht Fuß fassen. Und so zog sie weiter, bis sie schließlich in Deutschland ankam, um dort den Weg einzuschlagen, von dem sie lange geträumt hatte.

Die düstere Familienlast trug viel zu ihrer Berufswahl bei. Sie wollte wiedergutmachen; wollte Unrecht bekämpfen. Mit ihren Mitteln.

***

Valentina liebte es, in verschiedene Rollen zu schlüpfen; hin und wieder eine andere Person zu sein. Ihr prallgefüllter Requisitenschrank zeugte davon.

Dort lagerten neben unterschiedlich farbigen Perücken die Outfits etlicher Charaktere, die sie perfekt darstellen konnte: Von der biederen Hausfrau, über den knalligen Punk, bis zur toughen Businessfrau.

Sie trieb ihre Verkleidungsperfektion in immer höhere Sphären.

Ihre Obsession ging so weit, dass sie vor einem Jahr in die etliche Kilometer entfernte Großstadt gefahren war, um sich von ihrer langen Haarpracht zu trennen.

Wenn sie an den Tumult dachte, der in dem kleinen Frisörsalon ausgebrochen war, als sie ihren Wunsch geäußert hatte, musste sie noch immer lächeln.

Alle waren um sie herumgestanden und hatten sie angefleht, das nicht zu tun. Selbst andere Kundinnen hatten ihre Stühle verlassen und sich an der Diskussion beteiligt.

Kurzentschlossen hatte Valentina nach einer Schere gegriffen und sich selbst ans Werk gemacht. Als die erste Strähne ihrer langen Lockenpracht zu Boden gefallen war, hatte sie Schmerz und Traurigkeit verspürt. Es waren nicht nur Haare gewesen, die zu Boden gefallen waren, sondern auch ein Teil ihrer Identität.

Sie hatte die seltsamen Gefühle weggelacht und die entsetzte Frisörin aufgefordert, das Werk zu vollenden.

Nach einer Stunde hatte ihr im Spiegel eine neue Valentina entgegengesehen. Ohne Zweifel nicht weniger attraktiv als die vorherige. Zufrieden hatte sie ihrem Spiegelbild zugenickt.

Die kurzen Haare waren problemloser zu verdecken und erleichterten ihr fortan ihre Arbeit und die Maskeraden.

Wenn Valentina sich mal wieder durch Untiefen menschlichen Verhaltens gewühlt hatte, beschäftigte sie das oft tagelang. Dann verspürte sie das starke Bedürfnis, sich auszuklinken, abzutauchen; hatte kein Interesse an neuen Aufträgen.

Sie musste dringend ihren Glauben an das Gute erneuern, den Blick auf die Schönheiten ihrer Umwelt lenken.

Warum tun Menschen sich derartige Gemeinheiten an, ging ihr durch den Kopf, als sie den schmalen, steilen Pfad durch den lichten Laubwald hinauf zur Burgruine lief, bei der kaum noch ein Stein gerade auf dem anderen saß.

Fast wie im Leben vieler meiner Kunden.

Vermutlich würde sie irgendwann nur noch einen großen Steinhaufen vorfinden.

Die Aussicht von dort oben war grandios. Der Blick reichte weit über sanfte Hügelketten hinab ins Tal, wo sich der Fluss durch die Landschaft schlängelte. Sie liebte diese Gegend. Liebte es über weiches Moos und durch raschelndes Laub zu laufen.

Oft überwältigte die pralle Natur sie derart, dass sie spontan Bäume umarmte.

Oder sie blieb minutenlang regungslos stehen und lauschte einfach nur den Vögeln ... und der Stille.

Selten traf sie während ihrer langen Spaziergänge auf andere Leute. Darauf hoffte sie jedes Mal, wenn sie ihre Wohnungstür hinter sich schloss und sich auf den Weg machte.

Kapitel 4

Es war spät geworden, ehe Gregor Berg das Büro des Kommissariats verlassen konnte. Zu viele dringende Fälle, zu viele Spuren, die ins Nichts führten. Das war frustrierend und ihn drängte es nach Bewegung an der frischen Luft.

Zu Hause beeilte er sich mit dem Umziehen. Vor Einbruch der Dunkelheit wollte er wieder zurück sein. Er gehörte nicht zu den Menschen, die mit Stirnlampe bewaffnet durch die Gegend huschten. Er wollte etwas von der Natur sehen und genießen, die er schnellen Schrittes durchlief.

Und es gab wahrlich viel zu sehen in diesen Frühsommertagen. Die alten Bäume im Park, mit ihren dicken, knorrigen Stämmen, waren dicht belaubt und spendeten wohltuenden Schatten. Blumenrabatten und Sträucher standen in voller Blüte und verströmten ihre zarten Düfte.

Auf den Bänken saßen Leute in Gruppen oder allein, Kinder liefen, vor Freude kreischend, auf den weitläufigen Grasflächen einem Ball hinterher.

Und an einem schönen Tag wie heute, liefen viele Gleichgesinnte so wie er leichten Schrittes über die Kieswege; etliche mit Knopf im Ohr, um den Genuss der Bewegung mit ihrer Lieblingsmusik zu untermalen.

Gregor liebte es, seinen Gedanken nachzuhängen, abzuschalten. Im Büro war es tagsüber laut genug. Schon das Läuten der Telefone ging ihm oft genug auf die Nerven; von den vielen Gesprächen ganz zu schweigen. Er lauschte lieber der Stimmenvielfalt der Natur.

Am Ende des weitläufigen Parks angekommen, schaute er überrascht auf seine Uhr. Wie so oft, hatte er die Zeit vergessen.

Inzwischen war es sichtbar leerer geworden. Nur noch vereinzelt saßen Leute auf den Bänken; die Kinder waren verschwunden.

Er legte an Tempo zu und bog wenig später in die ruhige Seitenstraße, wo er, seit seine Zukunftspläne geplatzt waren, in einer kleinen, aber gemütlichen Wohnung lebte.

Seine Mutter nannte seine vier Wände spartanisch. Er hatte aufgehört, mit ihr darüber zu diskutieren.

Dinge, die seinen Alltag erleichterten und bereicherten, ließ er sich durchaus etwas kosten. Ein großes Bett mit verstellbarem

Kopfteil, eine bequeme Coach für gemütliche Abende vor dem großen Flachbildschirm.

Nicht zu vergessen, der Hightech-Kaffeeautomat, der die Küchenzeile zierte. Den liebte er besonders, weil der Tag für ihn erst nach einem starken, aromatischen Kaffee begann.

Dagegen fanden all die wohlgemeinten schmückenden Accessoires seiner Mutter, in Kartons verpackt, regelmäßig ihren Platz in dem kleinen Kellerraum neben seinem Fahrrad, den Skiern und all den Dingen, die sich dort im Laufe der Jahre angesammelt hatten.

Etwas außer Puste vom letzten Sprint, ging er die Treppen hinauf in die dritte Etage. Doch das störte ihn nicht. Im Gegenteil. Ein regelmäßiger, angemessener Ausgleich für die vielen Stunden am Schreibtisch war für ihn Routine.

Vielleicht entfloh er auch nur regelmäßig seiner leeren Wohnung. Groß nachdenken wollte er darüber nicht.

Sein Bewegungsdrang lohnte sich. Er gab ein attraktives Bild von einem Mann ab, gestand er sich ab und zu ein.

Auch heute hatte er beim Laufen wieder alles gegeben. Zwar klebte sein Shirt unangenehm an ihm, doch er genoss es, jede Faser seines durchtrainierten Körpers zu spüren. Diese Momente der Erschöpfung sorgten dafür, dass er den Alltag für kurze Zeit vergaß.

Früher war er Mitglied eines Volleyball-Teams gewesen, hatte das Spiel und die Mitspieler gemocht. Doch seit den bitteren Ereignissen mied er den Sportclub und blieb lieber für sich.

Selbst nach fast fünf Jahren war der schmerzhafte Moment, als er sich nicht mehr länger fragen musste, warum seine Teamkollegen hinter seinem Rücken tuschelten, ihm mitleidige Blicke zuwarfen, präsent für ihn.

Die Scham und die Wut, die er damals empfand, würde er wohl so bald nicht vergessen. Im Gegenteil, er setzte alles daran, dass es ihm im Gedächtnis blieb.

Akzeptieren zu müssen, dass die Frau, mit der er vorhatte alt zu werden, es mit der Wahrheit und der Treue nicht sehr ernstnahm, setzte ihn damals für lange Zeit emotional außer Gefecht.

Hätte nicht einer der Männer ihm anschaulich und über jeden Zweifel erhaben vor Augen geführt, was Deborah tat, während er sich beim Sport auspowerte, hätte er das in seiner blinden Verliebtheit wohl noch lange nicht begriffen.

Der Bruch mit ihr, ihr fehlendes Unrechtsbewusstsein und ihre gehässigen Rechtfertigungen waren heftig und nachhaltig gewesen.

Komm schon, Gregor, du willst doch auch nicht jeden Tag Currywurst mit Pommes essen. Sei nicht so schrecklich prüde. Bis dass der Tod euch scheidet ... Nicht dein Ernst, oder?

Diese Rechtfertigung, nur eine von vielen, hatte sich ihm besonders eingeprägt. Doch genau das entsprach seiner Vorstellung von Partnerschaft, Liebe, Verbundenheit. Wozu das Leben mit jemandem teilen, der davon absolut nichts hielt? Sie hatte *ihm* die Schuld am Scheitern ihrer Beziehung gegeben, obwohl *sie* alle Versprechen gebrochen hatte.

Danach hatte er mit Partnerschaft und tiefen Gefühlen abgeschlossen. Keine Frau sollte ihm jemals wieder derart nahekommen.

***

Sein Freund Andreas, Streiter für Recht und Ordnung wie er selbst, und dessen Frau Katja gaben sich große Mühe, Gregors Singledasein zu beenden.

Anfangs belächelte er es, wenn er von den beiden eingeladen wurde und – oh Zufall –

eine alleinstehende Frau in seinem Alter mit am Tisch saß. Sie waren Freunde und die beiden meinten es gut mit ihm. Aber sollte er nicht selbst entscheiden, wann es für ihn an der Zeit war, sich wieder für Frauen zu interessieren?

Zaghafte Andeutungen fanden leider kein Gehör. Besonders Katja war davon überzeugt, dass man nur in einer Partnerschaft ein zufriedenes, glückliches Leben führen konnte.

Offenbar bist du noch nie übers Ohr gehauen worden, liebe Katja, dachte er hin und wieder.

Auf Dauer war das eine unglückliche Situation. Er musste höllisch aufpassen, seinen Unmut nicht zu deutlich zu zeigen.

Die Leidtragenden waren leider die mehr oder weniger nichtsahnenden Frauen, die Katja ihm ans Herz legte und mit denen er sich nur widerwillig traf.

Und da er sich nur selten auf mehr als eine gemeinsame Nacht einlassen wollte und tunlichst vermied, Einblick in seine Privatsphäre zu gewähren, endeten die gutgemeinten, arrangierten Dates in der Regel unerfreulich.

Hin und wieder wurde er mit Frauen konfrontiert, die sich von der Tatsache, dass er ihre Anrufe ignorierte und weiteren Begegnungen konsequent aus dem Weg ging, nicht abschrecken ließen. Wenn alles nichts half, vergraulte er sie, entgegen seinem ansonsten gutmütigen Wesen, mit geballter Unfreundlichkeit.

Sein schlechtes Benehmen war ihm zuwider, aber er konnte einfach nicht aus seiner Haut.

Besonders Katja fand sein Verhalten unterirdisch, wie sie es ausdrückte.

Nachdem er auch eine gute Freundin und Kollegin von ihr vor den Kopf gestoßen hatte, konnte er hautnah miterleben, wie aus der sanften, liebenswerten Katja eine Furie wurde.

»Mir reicht's jetzt mit dir. Du spinnst doch«, schrie sie ihn an.

Gregor blieb vor Überraschung der Mund offenstehen. »Ich …«

»Sei bloß still. Für dein Benehmen gibt es keine Entschuldigung. *Keine.* Kapiert?«

»Katja …« Andreas sah seine Frau besorgt an.

»Nein. Jetzt rede ich und eure *Bromance* kann mich mal. Wie steh ich denn jetzt da? Ella ist eine Freundin *und* Kollegin. Und ich dumme Kuh mach sie bekannt mit *Mister Rühr-mich-nicht-an.* Wie soll ich ihr denn noch unbefangen unter die Augen treten?

»So, wir kommen jetzt alle mal wieder runter!« Andreas sah sie beide mit einem Blick voll wilder Entschlossenheit an. »Wir sind Freunde. Da kann man in Ruhe und anständig über alles reden.«

»Anständig. Genau. Sag *ihm* das mal.«

Andreas rollte die Augen. »Gregor, schieß los, was ist da schiefgelaufen.«

»Zuerst: Katja, es tut mir leid, ehrlich. Das jetzt mit Ella und auch die anderen Male zuvor war nicht in Ordnung von mir. Aber, versteh doch, ich kann einfach nicht aus meiner Haut.«

»Du redest Bullshit. Das ist doch gar nicht deine Haut. Du spielst doch nur den Zyniker; machst dir selbst was vor.« Katja sah in herausfordernd an.

»Deine Kollegin ist nett und sieht gut aus. Aber nach dem zweiten Satz umklammert die meine Hand wie ein Schraubstock, fragt ob ich mir denn nicht auch Kinder wünsche. Und so ging's dann ewig weiter. Bei ihr ticke die biologische Uhr und ich sei doch auch schon in einem Alter, in dem man eine Familie haben sollte ... Geht's noch!«

»Mein Gott, Gregor, das nennt man *Smalltalk*.«

»Ich nenn's übergriffig.«

»Okay, verstehe. Im Prinzip findest du auch meine Bemühungen, dir die passende Frau auszusuchen, übergriffig. Stimmt doch, oder? Du musst mir nicht antworten. Ich verspreche dir, dass ich das ab sofort sein lasse. Ich will ja schließlich nicht alle meine Freundinnen verlieren, bloß weil ich *dir* einen Gefallen tun will.«

Ihm fiel ein Stein vom Herzen. Es hatte ihre Freundschaft zunehmend strapaziert und die wollte er auf keinen Fall aufs Spiel setzen. Sie bedeutete ihm einfach zu viel.

So kam es, dass er bei gemeinsamen Treffen meist allein unter Paaren saß und sich fragte, wie viel des zur Schau gestellten Glücks wohl echt sein mochte.

Als er Andreas einmal darauf ansprach, schimpfte der ihn einen hoffnungslosen Fall.

»Ich weiß, ihr meint es gut mit mir. Vielleicht nervt euch auch ein wenig, wenn ich wie das fünfte Rad am Wagen zwischen euch Verliebten sitze. Aber hey, in den letzten Jahren habe ich so ziemlich jede Illusion verloren. Meine Sinne sind geschärft, seit ...« Er winkte müde ab. »Wenn du eine Frau vor dir sitzen hast, die nicht wirklich an einer Unterhaltung interessiert ist, sondern nur die Botschaft aussendet *lass uns vögeln*, fragst du dich doch auch, wie viele Kerle in der Stadt herumlaufen, die schon in den Genuss gekommen sind. Ich lass mich nicht mehr verarschen.«

Andreas sah Gregor kopfschüttelnd an.

»Dein Misstrauen beleidigt echt jede anständige Frau. Das ist nicht gesund. Gar nicht gesund. Und wenn du mal für einen Moment ehrlich zu dir selbst bist, musst du doch zugeben, dass du wirklich auch immer Familie und Kinder wolltest. Wir haben schließlich oft genug darüber geredet. Und jetzt? Hör dir doch mal selbst zu. Du klingst nicht wie Mitte Dreißig, sondern eher wie ein verbitterter Opa.«

»Du hast gut reden. Du hast Katja. Eine liebenswerte und, was das Wichtigste ist, ehrliche Frau. Mir ist klar, dass nicht alle Frauen vom Schlage Deborah sind, aber ich habe, jedenfalls für den Moment, keine Lust, das herauszufinden.«

»Der Moment dauert aber schon ziemlich lang. Zu lang, wenn du mich fragst. Alleinsein ist auf Dauer bitter. Vielleicht kommste irgendwann selbst drauf.«

»Mag sein«, antwortete Gregor trotzig.

Andreas sah ihn kopfschüttelnd an. »Ich muss los. Ciao amigo.«

Kapitel 5

Niemals für Sex zu bezahlen, war eine von Gernot Zieglers Devisen. Und er hielt sich daran, wenn man den Preis für sein zeitweilig schlechtes Gewissen seiner Frau gegenüber einmal außer Acht ließ.

Zu Beginn seiner amourösen Abenteuer erstaunte es ihn noch, wie viele Frauen bereit waren, für ein kurzes Intermezzo ihre Partnerschaft aufs Spiel zu setzen. Mit der Zeit machte er sich darüber keine Gedanken mehr. Er griff zu und genoss.

Seine neueste Affäre war ein besonderer Glücksgriff für ihn. Ungebunden, attraktiv, leidenschaftlich. Und – was das größte Plus war – sie versorgte ihn mit Informationen über den Stand der Ermittlungen gegen ihn. Dass sie ihn hin und wieder mit der subtilen Forderung unter Druck setzte, er möge seine Frau verlassen und mit ihr neu anfangen, überhörte er geflissentlich.

Und in diesem speziellen Fall war er bereit, seine Devise, niemals für Sex zu bezahlen, über Bord zu werfen und, wenn erforderlich, tief in die Tasche zu greifen.

Ein Wochenende in einem Luxushotel, ein kostspieliges Geschenk und sie gab sich wieder für eine Weile mit dem Ist-Zustand zufrieden.

Noch konnte er es sich nicht leisten, sie zu verärgern. Noch war er auf ihre Zuneigung angewiesen.

Diese Abhängigkeit von einer Frau ärgerte ihn und kratzte an seinem Ego, aber auch dafür würde es eine Lösung geben, sollte sein Plan gelingen.

***

Als Gernot Ziegler vor die Tür trat, lag noch morgendliche Ruhe über dem Viertel. Das war ganz in seinem Sinn. Keine freilaufenden Hunde, denen er ausweichen musste, keine Nachbarn, die schon am frühen Morgen neugierige Fragen stellten. Er konnte sich voll und ganz auf sich und seinen Lauf konzentrieren.

Normalerweise bevorzugte er eine schnelle Fahrt mit seinem kürzlich erworbenen Mountainbike. Doch heute suchte er eine Möglichkeit, durch diese Art von Bewegung den Kopf freizubekommen.

Hinter der östlichen Hügelkette stieg langsam die Sonne empor und verdrängte langsam, aber stetig, das eintönige Morgengrau.

Er hatte keinen Blick für das beeindruckende Schauspiel übrig.

Während er sich nach allen Seiten umsah, trippelte er bereits ungeduldig auf der Stelle. Mit einem gezielten Druck aktivierte er die Smartwatch am Handgelenk und lief los.

Seine kurzen Tritte hallten durch die enge, menschenleere Straße.

Bald hatte er die Wohngegend hinter sich gelassen und seine Füße federten auf weichem Waldboden. Laub raschelte und dünne Zweige knackten, wenn er sie mit seinem vollen Gewicht traf.

Gezielt lenkte er seine Schritte hinunter auf den schmalen Pfad, der an einem nahezu zugewucherten Tümpel entlangführte.

Der inzwischen blaue Himmel spiegelte sich in der noch sichtbaren glatten Wasseroberfläche. Nur wenn Enten laut schnatternd landeten, bekam dieses Bild Falten.

Kaum ein Geräusch störte die andächtige morgendliche Ruhe. Lediglich monotones Rauschen war von weit entfernt zu hören und mischte sich mit vielfältigem Vogelgezwitscher.

Dieses diffuse Summen verursachten unzählige Gummireifen auf dem grauen Asphaltband, das jenseits des Waldes die Landschaft durchtrennte und wie ein störender, abweisender Koloss wirkte.

Mittlerweile atmete er schwer. Ein ... aus ... ein ... aus. Sein Puls raste. Die salzigen Schweißperlen, die herabflossen und das Shirt durchnässten, nahm er kaum wahr. Immer vorwärts. Eins, zwei, links, rechts. Ein mechanischer Ablauf. Eine Handlung, die keine langwierige Planung brauchte. Es funktionierte reibungslos – wie ein Uhrwerk.

Trotz der Anstrengung spürte er eine merkwürdige Leichtigkeit. Mit jedem Schritt konnte er klarer denken, hob sich der graue Vorhang und gab den Blick frei auf das, was vor ihm lag.

Als er nach seinem morgendlichen Lauf zurückkam, hatte er eine beunruhigende Nachricht auf seiner Mailbox.

Es ist so weit. Ich muss handeln. Schade, ich hätte mir noch etwas mehr Zeit zur Umsetzung meines Planes gewünscht.

Er bedauerte, dass er jetzt – mit Ende Vierzig – schon gezwungen war, dem Absichern seiner Zukunft höchste Priorität zu verleihen. Hatte er doch ganz andere Pläne für diese Jahre gehabt. Noch mehr Erfolg, noch mehr Genuss.

Stattdessen lief er Gefahr alles zu verlieren.

***

Selten war Gernot Ziegler so missgelaunt gewesen, wie in diesen Tagen, die über sein Schicksal entscheiden würden.

Seiner Frau war schnell klar, dass es wohl besser wäre, ihn nicht mit – in seinen Augen – Nichtigkeiten zu behelligen.

»Kannst du *einmal* eine Entscheidung allein treffen?«, hatte er sie erst gestern angepflaumt. Dabei sollte es doch auch ihn interessieren, dass ein Werkstatttermin für seinen Wagen anstand.

Nun gut. Dann muss er eben sehen, wie er zu seinen Terminen kommt, wenn ich das Auto jetzt zur Werkstatt bringe.

Als sie abends zurückkam, stand er aufgebracht vor ihr und machte ihr Vorwürfe wegen ihres Handelns.

»Wo hast du nur deinen Verstand, Doro? Du kannst doch nicht ohne Rücksprache meinen Wagen für zwei Tage in die Werkstatt bringen? Soll ich etwa ...«

»Stopp, Gernot, das geht jetzt zu weit. Ich soll eigenständige Entscheidungen treffen. Deine Worte. Nun, ich habe entschieden.«

»Du kannst entscheiden, ob du dir die hundertste Bluse kaufen oder die Haare blau färben willst, aber nicht, was mit *meinem* Wagen passiert. Kapiert?«

»Du kannst mich mal«, war Doros aufgebrachte Antwort, ehe sie ihn mit all seiner Wut einfach stehen ließ.

Verdammt. Warum war ich so unbeherrscht? Ärger kann ich nicht gebrauchen.

Wütend schlug Gernot die Tür seines Arbeitszimmers hinter sich zu. Es war bereits tiefe Nacht, ehe er es wieder verließ.

Tags darauf war er darum bemüht, die Wogen zu glätten.

»Sorry, Kleines.« Er griff nach ihrer Hand und sah sie reumütig an. »Es gibt momentan einfach zu viel Stress bei mir. Ich habe die Beherrschung verloren. Danke, dass du den Wagen in die Werkstatt gebracht hast. Mir war der Termin schlichtweg entfallen.«

»Schon gut, Gernot. Aber ehrlich gesagt, ich erkenne dich kaum wieder. So unfreundlich warst du schon lange nicht mehr ... und so ungerecht ... wenn ich das mal sagen darf.«

»Bald wird's wieder besser. Ich versprech's.«

»Dein Wort in Gottes Ohr. Und jetzt lass ich mich mal wieder im Tennisclub sehen. Auf dem Heimweg geh ich bei der Werkstatt vorbei. Vielleicht ist dein Wagen schon fertig.«

»Den Weg kannst du dir sparen. Ich habe angerufen. Sie bringen ihn her. Heute noch. Muss morgen für zwei Tage ...«

»... in die Schweiz«, ergänzte Doro.

»Schlaues Mädchen.« Gernot strich ihr über den Kopf.

Ich hasse es, wenn er mich wie ein kleines, dummes Kind behandelt.

»Um so besser. Dann habe ich mehr Zeit, um mir den neuesten Tratsch anzuhören.« Sie stand auf. »Ich geh jetzt. Oder war noch was?«

Gernot schüttelte den Kopf.

So hundertprozentig geglättet sind die Wogen noch nicht, wurde ihm bewusst, als er ihr hinterherschaute.

***

Als Gernot Ziegler Tage später aus der Schweiz zurückkkam, war er wie umgewandelt.

All der Groll und die schlechte Laune der letzten Wochen hatten sich offenbar in der Schweizer Luft in Wohlgefallen aufgelöst.

Soll mir recht sein, dachte Doro und gönnte sich ein großes Stück der leckeren Schokolade, die er ihr mitgebracht hatte.

»Was ist jetzt eigentlich mit unserer Fahrt an den Bodensee?«

Ohne aufzusehen, sagte Gernot: »Spätestens in zwei Wochen kann ich mir ein paar Tage freischaufeln. Du kannst dir ja schon mal Gedanken machen, was in deine Koffer muss.«

»Die Akten bleiben hoffentlich zu Hause.«

»Versprochen. Und aus diesem Grund muss ich jetzt noch eine Weile konzentriert arbeiten. Lässt du mich bitte noch ein paar Stunden allein, Kleines?«

»In zwei Stunden gibt's Mittagessen ... falls du Zeit dafür hast.«

»Die nehme ich mir, Schätzchen.«

Kleines. Schätzchen. Hat er vergessen, wie ich heiße?

Doro hatte an diesem Vormittag nicht mehr allzu viel Zeit, länger über die Anspannung zwischen sich und ihrem Mann nachzudenken.

Die Zubereitung des Mittagessens forderte ihre Konzentration. Sie war keine sehr geübte Köchin, aber sie gab sich große Mühe, den Ansprüchen Gernots gerecht zu werden.

Vielleicht verkneift er sich heute seine Kommentare dazu, überlegte sie genervt.

In zwei Stunden gibt's Mittagessen, hatte sie ihm versprochen. Sie musste sich sputen, wenn sie dieses Versprechen einhalten wollte.

Während Doro in der Küche ihr Bestes gab, grübelte Gernot über den Unterlagen, die er vor sich ausgebreitet hatte. Noch waren seine Überlegungen nicht stimmig.

Sein Smartphone summte. Missmutig warf er einen Blick darauf, überlegte einen Moment, dann nahm er das Gespräch widerwillig an.

»Wir hatten doch besprochen, dass du mich nicht anrufen sollst, wenn ich zu Hause bin. Was ist daran nicht zu verstehen«, sagte er mit leiser, aber bestimmter Stimme und beendete das Gespräch.

Ich habe einfach zu viele Baustellen in meinem Leben, ging ihm durch den Kopf.

Dann hörte er Doro rufen. Er klaubte die Blätter auf seinem Schreibtisch zusammen, schloss sie in die obere Schublade ein, schaltete seinen Laptop aus und ging hinüber ins Esszimmer.

Die alte Pendeluhr, die sie vor gut zwei Jahren auf einem Flohmarkt im Elsass gefunden hatten, schlug Eins.

Ihm ging durch den Kopf, welch unbekümmerte Tage sie damals in der schönen Gegend verbracht hatten. Landschaft, Wetter, Essen, die Leute ... alles hatte sich zu einem harmonischen Ganzen zusammengefügt.

Manchmal wünschte er sich diese unbeschwerten Tage zurück. Zu spät. Er hatte sich über die Sprüche eines unsympathischen Kerls geärgert und den rechten Pfad verlassen.

Vielleicht hätte ich mich nicht darauf einlassen sollen. Jetzt hab ich den Salat. Mein Leben steht Kopf.

Solche Gedanken ließ er nicht oft zu. Und auch heute wischte er sie schnell beiseite.

»Na, was hast du uns heute gezaubert?«, fragte er, als er sich zu seiner Frau an den Tisch setzte.

Kapitel 6

Über dem gegenüberliegenden Schweizer Ufer des Bodensees braute sich ein Unwetter zusammen. Dunkle, bedrohlich wirkende Wolken schoben sich heran. Dumpfes Grollen und erste zuckende Blitze ließen erahnen, was der Region bevorstand.

Immer stürmischer werdender Wind peitschte das Wasser auf; in den flachen Uferzonen ergossen sich die Wellen bis weit an Land. Im kleinen Hafen tanzten die vor Anker liegenden Boote in einem wilden Rhythmus auf und ab. Die große Fahne mit dem Lindauer Stadtwappen zerrte am Gestänge des hohen Mastes. Wie lang würde sie wohl den Naturgewalten standhalten?

Die noch jungen Bäume entlang der Uferpromenade, bogen sich bedenklich hin und her; kleine Zweige und welke Blätter wirbelten durch die Luft. Ein Müllbehälter fiel scheppernd zu Boden; sein unappetitlicher Inhalt ergoss sich auf den schmalen Fußweg.

***

Im Hotel Bayerischer Hof sah Doro Ziegler beunruhigt zur Uhr.

Wo Gernot bloß bleibt? Seit Stunden ist er mit dem Boot draußen.

Ihre Bitte, heute auf einen Segeltörn zu verzichten, hatte er wie befürchtet mit einer spöttischen Geste abgetan.

Sei nicht immer so ängstlich, Kleines. Bis das Gewitter kommt, bin ich längst zurück. Ich werde mir doch die letzten Urlaubstage nicht von windigen Vorhersagen verderben lassen. Diese sorglosen Worte Gernots hatte sie noch deutlich im Ohr.

Als der Himmel sich immer mehr verdüsterte, übte sie sich eine Weile in Gelassenheit; suchte Ablenkung beim Lesen eines Buches, das sie sich am Vormittag bei einem Bummel durch die Altstadt gekauft hatte. Doch damit war es nun vorbei. Energisch klappte sie das Buch zu und warf es in hohem Bogen auf den Sessel gegenüber.

Voller Sorge lief sie hinüber zum großen Fenster, das einen ungehinderten Blick auf Hafen und See bot. Der Anlegeplatz der Möwe II war leer.

Was sie da draußen sah, verstärkte ihre Sorgen. Die Welt schien unterzugehen. Heftiger Regen prasselte nieder und über der dunklen, brodelnden Wasserfläche zuckten ohne Unterlass bizarre Blitze vom Himmel hinab in den See. Ohrenbetäubender Donner ließ mitunter die Fensterscheiben klirren.

Hoffentlich ist Gernot nicht da draußen inmitten dieses Infernos, dachte Doro beklommen.

Nach einem erneuten, ergebnislosen Versuch ihn zu erreichen, steckte sie ihr Smartphone ernüchtert zurück in ihre Handtasche.

Anstatt hier tatenlos herumzusitzen, sollte sie sich zur nahen Station der Wasserschutzpolizei aufmachen und dafür sorgen, dass man nach ihm suchte.

Obwohl sie sich vor dem Gewitter fürchtete, schlüpfte sie in Schuhe und Mantel.

***

Vincent Hirschmeyer hatte alle Hände voll zu tun. Unzählige besorgte Anrufer gönnten ihm keine Pause. Mittlerweile war es kurz vor zwanzig Uhr und der Sturm tobte noch immer durch die anbrechende Dämmerung.

Endlich schwieg das Telefon für einen Moment. Er nutzte die kurze Verschnaufpause. Zufrieden füllte er seine Tasse mit dem abgestandenen Rest Kaffee und legte, begleitet von einem wohligen Seufzer, behäbig die Beine hoch.

Doch kaum hatte er ein erstes Mal an dem Gebräu genippt, ging die Tür auf und eine Frau stürmte herein.

Die dunkelbraunen, lockigen Haare lagen feucht und wirr um ihren Kopf. Ihr hellblauer Trenchcoat war von Regentropfen dunkel gesprenkelt wie ein Leopardenfell.

»Mein Mann ist noch draußen auf dem See. Sie müssen ihn suchen!« Mit großen, angstvoll geweiteten Augen sah sie ihn an.

Erschrocken nahm Hirschmeyer seine Füße vom Schreibtisch, straffte die Schultern und sagte mit Nachdruck: »Der Reihe nach … Sie heißen?«

»Doro Ziegler … Sie müssen ihn suchen!« Mit einem überraschend kräftigen Hieb ihrer feingliedrigen Faust auf die mit Akten übersäte Tischplatte, versuchte sie ihren Worten Nachdruck zu verleihen.

»Gute Frau …« Hirschmeyer bedachte sie mit einem mitleidigen Blick. »Bei dem Wetter können selbst wir nichts tun. Vermutlich ist er in einem Nachbarhafen an Land gegangen. Haben Sie schon versucht, ihn zu erreichen?«

»Unzählige Mal.« Doro Ziegler schnaubte ungehalten. »Er geht nicht an sein verdammtes Handy.«

»Mmh.« Hirschmeyer wiegte sorgenvoll seinen Kopf hin und her. »Dann nehme ich mal die Daten auf. Name ... Welches Boot ...?«

Sie versuchte ruhig zu bleiben und atmete tief durch. »Mein Mann heißt Gernot. Gernot Ziegler. Wir wohnen seit einer Woche im Bayerischen Hof ... Am alten Leuchtturm. Die Möwe II ist unser Boot.«

Vincent Hirschmeyer schrieb und nickte bedächtig. »Gut. Wie schon gesagt. Momentan können wir nichts tun. Sobald der Sturm nachlässt, machen wir uns auf die Suche. Und Sie gehen bitte zurück ins Hotel. Und lassen Sie mir Ihre Telefonnummer hier, damit ich Sie erreichen kann.« Er sah sie abwartend an.

Doro Ziegler kramte in ihrer Handtasche und hielt ihm schließlich eine Visitenkarte hin.

Hirschmeyer studierte sorgfältig die Daten und nickte zufrieden. Dann sah er die Frau gegenüber streng an. »Übrigens ziemlich leichtsinnig, bei diesem Wetter durch die Gegend zu laufen. Passen Sie bloß auf, dass Ihnen nichts auf Ihren hübschen Kopf fällt ... Ich würde Sie mit dem Streifenwagen bringen, aber Sie sehen und hören selbst, was hier los ist.«

Sichtlich genervt griff er zum Telefonhörer und nahm den nächsten Anruf entgegen.

Mit viel Geduld konnte er den aufgeregten Mann am anderen Ende der Leitung mehr schlecht als recht beruhigen. Er beendete das Gespräch und sah auf. Er war wieder allein. Doro Ziegler war gegangen.

»Hoffentlich geht das gut. So ein Irrsinn … bei diesem Wetter«, murmelte er vor sich hin und legte die Füße zurück auf die Schreibtischkante.

In den frühen Morgenstunden fand die Wasserschutzpolizei in der Nähe des Schweizer Ufers die gekenterte Möwe II. Von Gernot Ziegler fehlte jede Spur.

***

Das Unwetter hatte noch bis spät in die Nacht die Menschen in Atem gehalten. Lautes Sirenengeheul und flackernde Blaulichter zeugten von der Aufregung, die herrschte.

Auch Doro Ziegler hatte in der Nacht kein Auge zugetan. Aus Sorge und Angst um ihren Mann war sie fast verrückt geworden.

Warum habe ich ihn nicht von diesem Wahnsinn abgehalten? Sie schüttelte müde den Kopf. Niemand hätte Gernot abhalten können, wurde ihr bewusst.

Sie beschloss, zur Polizeistation zu gehen. Vielleicht gab es gute Neuigkeiten.

Sie verzichtete auf ein sorgfältiges Make-up, schlüpfte in ihre Kleidung vom Vortag.

Noch ehe sie sich auf den Weg machen konnte, klopfte es an der Tür und ihr Herzschlag beschleunigte sich.

Sie atmete tief durch und öffnete zaghaft.

Draußen stand Vincent Hirschmeyer und sah sie ernst an. »Frau Ziegler ...«

»Haben Sie meinen Mann gefunden?«

Hirschmeyer schüttelte langsam den Kopf. »Nur das Boot, Frau Ziegler.«

»Das Boot? Aber was ist mit Gernot?«

»Wollen wir nicht in Ihr Zimmer gehen? Die Leute ...«

Doro nickte und trat zur Seite.

Hirschmeyer drehte seine Mütze verlegen in der Hand. »Das gekenterte Boot Ihres Mannes wurde in der Nähe des Schweizer Ufers gefunden. Es war leer.«

»Gekentert? Leer? Wie kann das sein? Es hat doch schon etliche Stürme über-standen. Und mein Mann?«

»Die Kollegen suchen nach ihm. Vielleicht ...«

Ich sollte dieser armen Frau keine falsche Hoffnung machen, ging ihm durch den Kopf.

»Es besteht also die Hoffnung, dass er vielleicht an Land geschwommen ist?« Doro sah ihn fragend an.

»Solange wir seine ... ähm ... ihn nicht gefunden haben, besteht immer Hoffnung.

Aber ... es war ein wirklich schlimmes Unwetter. Der Sturm, die hohen Wellen. Es muss heftig zugegangen sein, da draußen. Sonst wäre das Boot sicher nicht gekentert.«

Doro versuchte ruhig zu bleiben. »Wie geht es jetzt weiter?«

»Wie gesagt, die Kollegen suchen nach Ihrem Mann. Ich halte Sie auf dem Laufenden. Was werden Sie tun? Bleiben Sie hier oder reisen Sie ab? Und wo kann ich Sie dann erreichen, falls es Neuigkeiten gibt?«

»Ich bleibe vorerst hier. Wir haben die Suite noch bis zum Ende der Woche gebucht.«

»Kann ich Sie allein lassen? Brauchen Sie Unterstützung. Ich könnte ...«

»Nein. Ich komme zurecht. Bitte melden Sie sich sofort, wenn Sie etwas hören, Herr Hirschmeyer. Und jetzt möchte ich bitte allein sein.«

»Verstehe. Natürlich, Frau Ziegler.«

Dann war Doro allein und langsam drang in ihr Bewusstsein, dass sie Gernot vielleicht für immer verloren haben könnte. Aber hatte dieser Polizist nicht gesagt, es gäbe noch Hoffnung, solange man ihn nicht gefunden hat.

Daran klammerte sie sich. Sie legte sich auf das große Bett, in dem sie sich verloren vorkam, so allein, ohne Gernot, und weinte leise vor sich hin.

***

Die Tage verstrichen. Irgendwie. Doro befand sich in einer Art Dämmerzustand. Oft schreckte sie hoch und war sich sicher, alles ist nur ein böser Traum. Die Tür geht auf, Gernot kommt herein und lacht über ihre Ängstlichkeit.

Hin und wieder lief sie ziellos auf der Uferpromenade entlang, hielt Ausschau nach der Möwe II. Sie starrte auf knatternde weiße Segel, die sich in der Brise blähten. Doch keines der Boot hatte den Namen Möwe II und keiner der Skipper war ihr Mann.

Er ist fort! Vielleicht für immer. Diese Erkenntnis schnürte ihr die Luft zum Atmen ab und sie musste sich hinsetzen, weil sie befürchtete, die Beine würden ihren Dienst versagen.

Da saß sie dann und starrte ins Leere. Das heitere Treiben um sie herum, die ausgelassene Stimmung der Menschen, die ihre Urlaubstage genossen, machten ihr das Herz schwer. Aus ihrem Leben war diese Leichtigkeit verschwunden.

Auf dem Rückweg machte sie Halt bei Vincent Hirschmeyer. Und wie die Tage zuvor, sah er sie auch heute stumm an und schüttelte bedauernd den Kopf.

Wie immer machte sie kehrt, ohne ein Wort mit ihm gewechselt zu haben, und ging zurück zum Hotel.

Morgen würde sie die Suite räumen müssen. Bis morgen musste sie eine Entscheidung treffen. Zurück nach Hause oder noch weiter hier am Bodensee bleiben.

Als sie den Bayerischen Hof betrat, traf sie eine Entscheidung. Sie würde abreisen. Nach Hause fahren, Trost suchen bei ihren Eltern … ihren Freunden.

Sie ertrug die mitleidigen Blicke, die man ihr hier heimlich zuwarf und das Getuschel hinter ihrem Rücken einfach nicht mehr.

Entschlossen ging sie zur Rezeption. »Machen Sie mir bitte die Rechnung fertig. Morgen reise ich ab. Wie geplant.«

Die Rezeptionistin rief die Daten an ihrem Terminal auf. »In Ordnung, Frau Ziegler … Ach, ich sehe gerade, Ihr Mann hat das Zimmer schon bezahlt.«

»Bezahlt? Wann?«

»Am Tag des Unglücks. Es tut mir alles so leid, Frau Ziegler.«

Er hat das Zimmer bezahlt, bevor er … Was hatte das zu bedeuten? Sie wusste nicht so recht, was sie davon halten sollte.

»Gut. Danke.« Nach einem kurzen Nicken ging sie zum Fahrstuhl hinauf in die Suite, deren Annehmlichkeiten sie nicht mehr genießen konnte.

***

Ihre Befürchtung bestätigte sich. Die Heimreise war der pure Stress für sie. Noch nie war sie mit dem Auto allein so eine weite Strecke gefahren. Und der dichte Verkehr machte die Sache nicht einfacher für sie.

Was wird mich zu Hause erwarten? Werde ich es überhaupt ertragen, allein in diesem großen Haus zu sein, in dem alles an Gernot erinnert?

Das Gedankenkarusell ließ sich kaum bändigen. Sie hörte auf, dagegen anzukämpfen, hoffte einfach darauf, in eine Wolke von Zuneigung und Trost zu fallen.

Es war bereits dunkel, als sich endlich das große Garagentor auf Knopfdruck öffnete und sie eintauchen konnte in den leeren Raum ohne hupende, drängelnde Autofahrer und endlose Lastwagen-kolonnen.

Sie schaltete den Motor ab, blieb regungslos sitzen und schloss für einen Moment erschöpft die Augen.

Ihr wurde schmerzhaft bewusst, dass sie hineingehen musste. In das leere Haus. Ohne Gernot.

Du schaffst das!

Sie stieg aus und sah sich um. Gernots Mountainbike, dass er sich erst vor wenigen Monaten geleistete hatte, sein Motorrad ... Am Durchgang zum Wohnhaus seine Schuhe auf dem Boden ... Es tat so weh, diese Dinge zu sehen.

Ein Druck auf die Fernbedienung und der Kofferraum öffnete sich. Sie nahm nur das Nötigste heraus. Für das ganze Gepäck fehlte ihr die Kraft.

Die Wohnräume waren dunkel und leer, die Luft verbraucht.

Doro hatte nur einen Wunsch: Schlafen.

Sie ließ ihre Tasche fallen, stieg die Treppe hinauf in die obere Etage, ging an ihrem gemeinsamen Schlafzimmer vorbei und betrat das Gästezimmer.

Vielleicht finde ich in diesem Zimmer Ruhe und Schlaf.

Doch das war Wunschdenken. Unruhig wälzte sie sich hin und her, starrte in die Dunkelheit, weinte eine Weile leise vor sich hin.

Dann fielen ihr die Schlaftabletten ein, die ihr eine ihrer Freundinnen vor vielen Monaten zugeschoben hatte, weil sie während einer längeren Geschäftsreise Gernots mal wieder tagelang keinen Schlaf gefunden hatte.

Sie musste eine Weile suchen, ehe sie die Schachtel fand. Erleichtert drückte sie zwei Tabletten aus dem Blister, steckte sie in den Mund und spülte sie mit einem Glas Wasser hinunter.

Bitte, bitte wirke rasch.

Und tatsächlich. Nach kurzer Zeit schlief sie tief und fest.

Am nächsten Morgen kam sie erst spät zu sich. Ihr Kopf tat weh und sie fühlte sich müde, obwohl sie doch viele Stunden geschlafen hatte.

Das Aufstehen fiel ihr schwer. Nach einem starken Kaffee hätte sie vielleicht die Kraft für die nächsten Schritte.

Sie musste sich sortieren, schauen, was der Tag ihr bringen würde.

Ein Blick auf ihr Smartphone sagte ihr: Keine Nachrichten vom Bodensee.

Keine Nachrichten sind gute Nachrichten, beruhigte sie sich.

Noch ahnte sie nicht, was in den nächsten Tagen auf sie einstürmen und wie viel Angst ihr das machen würde.

Kapitel 7

Niemand achtete auf den Mann, der in der Dunkelheit ans Ufer watete.

Alle waren damit beschäftigt, die Schäden, die das Unwetter verursacht hatte, zu begutachten, überschwemmte Uferwege abzusichern und von abgerissenen Ästen zu befreien. Autos wurden aus großen Wasserlachen geschleppt.

Beim Anblick der Unordnung und Zerstörung wurde den Anwohnern schnell bewusst, dass sie trotz allem noch einmal mit einem blauen Auge davongekommen waren.

Die materiellen Schäden waren überschaubar und zu ersetzen; Menschenleben gab es nach einer ersten groben Einschätzung keine zu beklagen. Ein Grund, dankbar zu sein, wurde allen schnell klar.

Gernot Ziegler atmete schwer. Er hatte die Kraftanstrengung unterschätzt, die es brauchte, um durch das aufgewühlte Wasser ans Ufer zu schwimmen. Das in wasserdichte Säcke verpackte Hab und Gut war eine zusätzliche Last gewesen.

In den Stunden auf dem See, in all dem Blitzeinferno und dem Sturm, den hohen Wellen, die die Möwe II bisweilen wie eine Nussschale hin und her warfen, nicht die Nerven zu verlieren, hatte ihn an den Rand des Erträglichen gebracht.

Einen Moment war er versucht gewesen, aufzugeben, sein Leben nicht aufs Spiel zu setzen.

Doch er hatte es geschafft; sein Plan war aufgegangen ... bis zu diesem Punkt zumindest.

Sein geliebtes Boot zum Kentern zu bringen, war schmerzhaft gewesen. So viele schöne Erinnerungen waren mit diesem Boot verbunden. In diesem Moment hatte ihn tiefe Wehmut gepackt. Doch bei all seinen Planspielen, war ihm keine echte Alternative eingefallen.

Und er dachte an den Schock, den er seiner Frau zugefügt haben musste.

Ob sie schon ahnt, dass ich nicht zurückkommen werde?

Es war müßig, sich jetzt darüber Gedanken zu machen. Er hatte diesen Entschluss gefasst und konnte nicht mehr zurück. Zu viel stand auf dem Spiel. Der Verlust jeglichen Besitzes und – was das gravierendste war – seine Freiheit.

Ihm war kalt. Er brauchte dringend trockene Klamotten.

Er sah sich um. *Wo bleibt sie nur?*

Endlich blitzten kurz Scheinwerfer auf und er hob erleichtert die Hand.

Eine Autotür schlug zu und eine Frau rannte auf ihn zu; geradewegs in seine offenen Arme.

»Gernot, Gott sei Dank, du hast es geschafft! Ich habe mir solche Sorgen gemacht.« Yvonne Breitenfels küsste ihn stürmisch.

Gernot Ziegler löste sich aus ihrer Umarmung.

»Alles gut gegangen. Los, wir müssen uns beeilen. Ich brauche dringend trockene Kleidung. Und wir müssen damit rechnen, dass sie bereits nach dem Boot suchen. Wir sollten die Grenze erreichen, ehe sie möglicherweise mit Kontrollen beginnen.

»Ja. Wir dürfen jetzt kein Risiko eingehen. Wenn das hier vorbei ist, haben wir jede Menge Zeit für uns.«

Gernot nickte. »Lass uns ein Stück vom See wegfahren. Ein paar Minuten halte ich es noch in diesem engen, nassen Neoprenanzug aus. Hier ist zu viel Betrieb, das Risiko, dass uns jemand beobachtet zu groß. Noch sind wir nicht in Sicherheit.«

Er hatte nicht den einfachsten Fluchtweg gewählt. Es wäre ein Leichtes gewesen, die kurze Strecke vom Bodensee nach Zürich zu fahren, dort in ein Flugzeug zu steigen und weg wäre er gewesen.

Die Polizeibehörde hätte nur wenige Stunden gebraucht, um das herauszufinden.

Da war es sicherer, in der Nacht so schnell wie möglich die Schweiz Richtung Frankreich zu verlassen und – so war sein Plan – in Lyon in ein Flugzeug Richtung Spanien zu steigen.

Während Yvonne Breitenfels den Wagen sicher und zügig durch die Nacht lenkte, versuchte Gernot Ziegler etwas Schlaf zu finden.

Es gelang ihm nicht. Es gab noch so viele Dinge zu bedenken. Und er war sich nicht sicher, ob alle Vorhaben reibungslos ablaufen würden.

Ein neuer Pass würde ihn sicher ein kleines Vermögen kosten. Wie kam er an die passenden Kontakte; wem konnte er in diesem Fall vertrauen?

Und noch immer schlummerten die wichtigsten Unterlagen in einem Banksafe in Zürich. Er fand es zu riskant, sie während seiner Flucht bei sich zu haben.

Die Gefahr, dass die Flucht scheitert, sie ihn erwischen und damit auch seinen Besitz, erschien ihm zu groß.

Wenn die Aufregung über sein Verschwinden sich etwas gelegt hätte, würde er jemanden bitten, nach Zürich zu fahren, die Unterlagen aus dem Safe zu holen und sie ihm nach Spanien zu bringen.

Ein Lächeln huschte über sein Gesicht. Er wusste genau, wer ihm diesen Gefallen tun würde; wer loyal war und ihn nicht übers Ohr hauen würde: Doro.

Sie kamen zügig voran und so fasste Gernot Ziegler den Entschluss, nicht schon in Lyon in ein Flugzeug zu steigen, sondern stattdessen bis nach Marseille zu fahren.

Er musste damit rechnen, dass auch im nahen Umfeld der Schweiz nach ihm gesucht werden würde. Lyon war der nächste Flughafen. Möglicherweise würde auch dort nachgeforscht werden. Sicher ist sicher.

In Marseille könnte er Kontakt zu Passfälschern aufnehmen. Sein Informant hatte ihm mit Nachdruck versichert, dass er sich dessen sicher sein konnte. Ihm blieb keine andere Wahl als ihm zu glauben und sich darauf zu verlassen.

»Gernot, entschuldige, ich brauche eine Pause. Ist das in Ordnung für dich?«, holte ihn Yvonne aus seinen Überlegungen.

Gernot nickte. »Okay, am nächsten Rastplatz machen wir eine Pause. Etwas zum Essen und ein starker Kaffee werden uns guttun. Danke, dass du so lange durchgehalten hast.«

»Langsam werde ich müde. Das Adrenalin ist aufgebraucht.«

»Die nächste Etappe übernehme ich.«

***

Kilometer um Kilometer durchfuhren sie das Rhonetal. Schweigend.

Ihnen war inzwischen bewusst geworden, dass sie ihr bisheriges Leben verlassen und einen ungewissen Weg eingeschlagen hatten.

Gernot Zieglers Entscheidung war gefallen, weil ihm Ungemach wegen seiner dubiosen Finanzgeschäfte drohte. Für ihn war das Ganze unumkehrbar.

Yvonne Breitenfels' Handeln war bestimmt von ihren Gefühlen für Gernot Ziegler.

Sie hatte sich auf ihn eingelassen, weil er ihr hin und wieder die Welt zu Füßen legte und sie naschen ließ am Honigtopf seines Vermögens. Sie genoss diese Momente, wenn sie in Welten eintauchen durfte, die sie selbst sich nicht leisten konnte. Und da spielte es für sie auch keine Rolle, dass er verheiratet war.

Der Zufall wollte es, dass sie in der Lage war, ihn mit wichtigen Informationen zu versorgen. Und dass sie ihm nun bei seinem

Verschwinden half, würde ihn endgültig an sie binden. Hoffte sie.

Hätte sie Gernot Zieglers Pläne gekannt, wäre sie nicht so zuversichtlich gewesen.

Noch hundertfünfzig Kilometer bis Marseille. Gernots Anspannung stieg.

Würde es ihm gelingen, schnellstmöglich an einen Pass zu kommen?

Ich wäre frei. Könnte gehen, wohin ich will.

Dass die Frau neben ihm dabei nur eine zeitlich begrenzte Rolle spielen würde, hatte er von Anfang an so eingepreist. Bald würden die Vorteile, die sie ihm momentan brachte, keine Relevanz mehr haben.

»In Marseille kaufen wir ein Flugticket für dich. Du fliegst nach Hause. Ich muss wissen, was dort vor sich geht.«

»Aber Gernot ...«

»Keine Diskussion. Du fliegst. Keine Ahnung, wie lange ich in Marseille festsitzen werde. Ich brauche meine Zeit und meine Aufmerksamkeit gerade für wichtigere Dinge«, sagte er unwirsch.

Yvonne Breitenfels brach in Tränen aus.

Wie ich es hasse, wenn Frauen Tränen als Druckmittel benutzen. Schon Doro ging mir damit gewaltig auf die Nerven.

Er hatte große Mühe, einen freundlichen Ton anzuschlagen. »Versteh doch, Liebes, ich brauche dich in Bergs Büro ...«

»Verzeih, Gernot. Natürlich. Wie dumm von mir.«

Gernot Ziegler war zufrieden. Zielgenau hatte er mal wieder gewusst, welche Knöpfe es zu drücken galt, um zu bekommen, was jetzt für ihn relevant war.

Gutgegangen. Ab Marseille ist erst einmal Schluss mit dem Getue und der falschen Rücksichtnahme.

Yvonne Breitenfels saß im Flieger nach Frankfurt und er konnte sich ab sofort ausschließlich um seine Belange kümmern.

Als Erstes besorgte er sich eine neue SIM-Karte für sein Smartphone. Nur wenige Kontakte übernahm er; die meisten hatten keine Bedeutung mehr für ihn.

Er allein würde von nun an entscheiden, wer von seiner neuen Telefonnummer Kenntnis bekam.

An einem Abfalleimer am Hafen machte er die alte Karte mit der Flamme eines Feuerzeugs unbrauchbar und entsorgte sie.

Dann machte er sich auf in die Rue Tapsis Vert im Quartier Belsunce, um seinen Mittelsmann zu treffen.

***

Sein Aufenthalt in Marseille verlief nicht so, wie er es sich vorgestellt hatte.

Überall traf er auf geballtes Misstrauen, wenn er nach den Leuten fragte, die ihm behilflich sein sollten. Erst nachdem sein Mittelsmann einige Telefonate tätigte, kam die Sache ein wenig ins Rollen; führte aber nicht zum Ziel.

Es würde Geduld brauchen, ehe er endlich einen hochwertigen neuen Pass in Händen halten würde.

Seinen Plan, in Marseille darauf zu warten, verwarf er. Die Stadt war ihm zu unsicher. Ja, er musste sich eingestehen, dass die Typen, mit denen er sich zwangsläufig einlassen musste, ihm Angst machten. Nur allzu deutlich war die Gier in ihren Augen zu sehen.

Würden sie ihn so ohne weiteres von Haken lassen oder witterten sie nicht vielmehr das große Geld?

Er hatte keine Zweifel mehr daran, dass sie inzwischen wussten, wer ihr *Kunde* war. Eins, zwei Klicks im Internet und schon lagen alle Informationen da, wie ein offenes Buch.

Er deponierte die verlangte Summe an vereinbarter Stelle, schickte den Schließ-fachschlüssel an seinen Mittelsmann und kaufte sich ein Flugticket nach Málaga/Spanien.

Bloß weg von hier, ging ihm durch den Kopf als er die Gangway emporstieg.

***

Mit der extremen Hitze, die seit Wochen das Land lähmte, kam er nur schwer zurecht. Sie knockte ihn regelrecht aus. Vielleicht forderten auch die Belastungen der letzten Tage ihren Tribut. Dieser unangenehme Zustand führte dazu, dass er die ersten Tage im klimatisierten Hotelzimmer verbrachte.

Er nutzte die Zeit, um im Web nach den aktuellen Meldungen über ihn zu suchen und wurde fündig. Kaum eine Zeitung, die nicht über sein Verschwinden berichtete. Manche Thesen ließen ihn schmunzeln, andere waren dicht an der Wahrheit.

Er könnte sich beruhigt zurücklehnen; noch tappten die Ermittlungsbehörden offenbar im Dunkeln.

Was ihn jedoch beunruhigte, war die Tatsache, dass ihm überall sein Bild entgegenprangte. Das könnte sich zu einer Gefahr für ihn auswachsen.

Er musste handeln. Hier wimmelte es vor Touristen; die kulturbeflissenen auf den Spuren von Pablo Picasso und die neugierigen, die sich das nahe Marbella nicht leisten konnten, aber scharf auf Promi-Fotos waren.

Schnell hätte ihn jemand erkannt.

Ihm kamen Zweifel, was die Wahl seines Fluchtortes betraf.

Vielleicht war die Wahl dieses Ziels nicht sehr schlau, ging ihm durch den Kopf.

Und er gestand sich ein, dass das Foto seiner verzweifelten Ehefrau ihn rührte.

Arme, ahnungslose Doro.

Er hoffte für sie und auch für sich selbst, dass die Mediengeier sich bald wieder um andere Dinge kümmern werden.

Dass er seine Frau in Gefahr gebracht haben könnte, kam ihm nicht in den Sinn.

Kapitel 8

Dietrich Berg konnte das aufgeregte Ehepaar, das ihm gegenüber Platz genommen hatte, kaum beruhigen. Sie saßen auf der Kante ihrer Stühle wie auf dem Absprung; er mit hochrotem Kopf, sie blass mit dunklen Rändern unter den Augen.

»Bitte, beruhigen Sie sich«, bat Berg mit sonorer Stimme. »Ich verstehe Ihre Sorgen und Sie sind nicht die ersten, die sich bei mir gemeldet haben. Ich lasse uns Kaffee bringen und dann erzählen Sie mir von Ihrem Problem.«

Er drückte auf eine Taste der Telefonanlage. »Frau Breitenfels, bitte bringen Sie uns Kaffee und die Akte *Ziegler*. Danke.«

Die Frau lehnte sich zurück. Ihr Mann fuhr sich mit beiden Händen übers Gesicht.

»Ich habe dich gewarnt«, zischelte sie. »Kein klardenkender Mensch glaubt an solche Renditen – in der heutigen Zeit. Aber du ...«

»Frau Hendrich, entschuldigen Sie, dass ich Sie unterbreche, aber Vorwürfe helfen uns nicht weiter«, versuchte Berg die Wogen zu glätten. »Wir sollten uns beruhigen und vor allen Dingen die Nerven bewahren. Ich verspreche Ihnen, mein Bestes zu tun.«

»Ist doch wahr. Unser ganzes Erspartes ist futsch. Was wird jetzt aus unserem Betrieb … und unserem wohlverdienten Ruhestand?«

»Ich pflichte Ihnen bei. Das war fahrlässig. Aber diese Ganoven haben perfide Methoden. Es mag kein wirklicher Trost für Sie sein, aber selbst Leute mit Sachverstand sind auf Gernot Ziegler hereingefallen.«

Bergs Sekretärin, Frau Breitenfels, kam ins Zimmer und Berg unterbrach seine Ausführung.

Sie stellte ein Tablett mit drei Tassen auf dem kleinen Tisch der Sitzgruppe ab. »Die Akte bringe ich Ihnen sofort, Dr. Berg.«

Berg nickte und wandte sich seinen Mandanten zu. »Nun trinken Sie mal einen Schluck, dann sehen wir weiter.«

Nachdem das Ehepaar nach über einer Stunde die Kanzlei verlassen hatte, saß Berg einige Minuten in Gedanken versunken an seinem Schreibtisch.

Der Fall *Ziegler* belastete ihn zusehends. Er hatte Mitleid mit den betrogenen Leuten, die auf der Suche nach etwas Reichtum unvorsichtig waren, gutgläubig einem

Mann mit großem kriminellem Potential ihr Erspartes anvertrauten und nun um ihre Existenz bangen mussten.

Warum sind die Leute nicht früher zu mir gekommen, fragte er sich frustriert und gab sich sogleich selbst die Antwort: Scham. Wer gab schon gerne zu, auf einen Betrüger hereingefallen zu sein?

Besonders die vielen kleinen Leute, wie der Malermeister Hendrich, taten ihm leid. Die traf der Betrug besonders schwer. Die großspurigen unter ihnen, die auf viele Arten versuchten ihren Reichtum zu vermehren, hatten zwar in Summe größere Verluste erlitten, aber sie wären dennoch nicht gezwungen, ihr gewohntes Leben gravierend einzuschränken.

Bei Hendrichs hingegen gingen wohl bald die Lichter aus und somit wurde es auch für die drei Angestellten und deren Familien eng.

Berg trommelte mit den Fingern einen schnellen Takt auf die Schreibtischplatte. Er würde das nicht ohne Gegenwehr zulassen. Es gab in diesem Land eine funktionierende Justiz und es sollte gelingen, wenn nicht alles, so doch einen Teil des veruntreuten Geldes wiederzubeschaffen.

Berg griff zum Telefon und ließ sich mit dem zuständigen Staatsanwalt verbinden.

Das Gespräch mit Dr. Mayerhofer verlief äußerst unerfreulich. Dietrich Berg erfuhr, dass Gernot Ziegler während eines Segeltörns auf dem Bodensee in ein schweres Unwetter geraten sei und seitdem vermisst werde.

»Ich möchte keine abschließende Prognose stellen, Dr. Berg. Vielleicht handelt es sich tatsächlich um ein tragisches Unglück. Vielleicht aber auch um einen raffinierten Plan. In beiden Fällen erschwert es unsere Arbeit ungemein.«

»Ich stimme Ihnen zu«, sagte Dietrich Berg ernüchtert. »Das sind keine guten Nachrichten für meine Mandanten. Danke, dass Sie sich Zeit für mich genommen haben. Vermutlich werde ich Sie hin und wieder erneut damit belästigen.«

»Kein Problem. Wir ziehen in diesem Fall an einem Strang.«

Diese Informationen musste Dietrich Berg erst einmal verdauen. Jetzt sah es noch düsterer für all die Leute aus, denen er einen Hauch Hoffnung vermittelt hatte.

Je länger er darüber nachdachte, desto größer wurden seine Zweifel an der Version *Unglück*. Stattdessen wuchs in ihm die Überzeugung, dass Ziegler untergetaucht war.

Der Kerl mag schlau sein, dachte Berg grimmig, *aber ich kenne Mittel und Wege, um ihm auf die Schliche zu kommen, sollte er nicht auf dem Boden des Sees liegen.*

Er öffnete seine Kontaktdaten auf dem Smartphone und wählte eine Nummer für besondere Fälle.

***

Nach einem langen Spaziergang kam Valentina erschöpft, aber zufrieden nach Hause. Doch der Alltag fing sie schnell wieder ein. Sie hatte eine Nachricht von Rechtsanwalt Berg auf ihrer Mailbox.

Er brauche dringend ihre Hilfe, hörte sie ihn sagen.

Dietrich Berg betraute sie schon eine Weile mit heiklen Angelegenheiten und war mit den Jahren zu einem väterlichen Freund für sie geworden.

Amüsiert erinnerte sie sich an seine nicht zu übersehende Skepsis, als er sie zum ersten Mal traf, um ihre Dienste in Anspruch zu nehmen. Da stand er den anderen Skeptikern in nichts nach. Doch auf ihre charmante Art hatte sie ihn schnell davon überzeugt, dass sie genau die Richtige für sein Anliegen sei und erledigte den Job anschließend professionell zu seiner Zufriedenheit.

Sie freute sich darauf, ihn wiederzusehen und ihm behilflich sein zu können.

***

In der Anwaltskanzlei hatte sich seit ihrem letzten Besuch nichts geändert. Im Vorzimmer saß Yvonne Breitenfels, Dietrich Bergs rührige Sekretärin, die ihr ein freundliches Lächeln schenkte.

»Gehen Sie gleich durch, Frau Montero. Er erwartet Sie.«

Valentina durchquerte den Raum und klopfte an die Tür zu Bergs Büro.

»Herein«, hörte sie ihn rufen.

»Da sind Sie ja. Ich freue mich sehr, Sie zu sehen, Valentina.«

»Ich freue mich auch.« Sie hauchte auf jede seiner Wangen einen Begrüßungskuss, wie es in ihrer Kultur üblich war. »Wie geht es Ihnen?«

»Gut, gut. Danke der Nachfrage. Und Sie, wo haben Sie die ganze Zeit gesteckt?«

»Ich habe mir eine kurze Auszeit gegönnt ... Sie brauchen meine Hilfe?«, kam sie auf den Punkt.

»Ja. Unbedingt. Ich bin da an einem kniffligen Fall dran. Kommen Sie, setzen wir uns. Kaffee?«

Valentina nickte. »Oh ja, eine gute Idee. Bei einem Kaffee sage ich nicht nein.«

Dietrich Berg rief: »Frau Breitenfels, würden Sie uns bitte Kaffee bringen?«

»Und jetzt zu meinem Problem.«

»Ich bin gespannt.«

»Ich vermute, das wird ein großes Ding. Mehrere Leute haben sich zu einer Klägergemeinschaft zusammengetan. Sie sind einem windigen Anlageberater auf den Leim gegangen ... Vielen Dank, Frau Breitenfels. Bringen Sie mir bitte noch die Akte *Anlagebetrug*. Danke ...«

»Mmh, Anlagebetrug. Davon habe ich gelesen. Ziegler, wenn ich mich recht erinnere.«

Dietrich Berg strahlte seine Besucherin an. »Sie überraschen mich immer wieder.«

»Informiert zu sein, ist das A und O in meinem Job. Sie übertreiben, Herr Berg.«

»Ganz sicher nicht. Aber gut. Zu dem Fall. Die Leute sind sehr beunruhigt. Bei einigen steht schlichtweg die Existenz auf dem Spiel. Ich habe bereits mit der für den Fall zuständigen Staatsanwaltschaft Kontakt aufgenommen.

Noch gibt es keine konkreten Beweise, um tätig zu werden. Und Sie wissen selbst, wie langsam die juristischen Mühlen mitunter mahlen. Es wäre doch ein Skandal, wenn man diesem Gauner nicht das Handwerk legen könnte.«

»Das sehe ich auch so. Was ist mein Part?«

»Es gibt eine Entwicklung, die mir Sorgen bereitet. Ziegler ist während eines Törns auf dem Bodensee in ein Unwetter geraten. Sein Boot wurde gefunden. Leer. Die dortigen Behörden gehen von einem tragischen Unglück aus.

Der Staatsanwalt und ich ziehen in Betracht, dass er untergetaucht ist, um sich den Ermittlungen zu entziehen. Ich verlasse mich auf Ihren Spürsinn. Recherchieren Sie in seinem Umfeld. Er ist verheiratet. Vielleicht ist das ein Ansatzpunkt für Sie.«

»Gut. Schicken Sie mir alle wichtigen Daten an die übliche Mail-Adresse. Ich kümmere mich ...«

Dietrich Berg war erleichtert. Er war sich sicher, dass Valentina Montero gute Arbeit leisten und ihm bald nennenswerte Erkenntnisse liefern würde.

»Und wie geht es Ihnen ... abseits der Arbeit?«

»Ich habe jetzt mit Kickboxen angefangen. Man weiß ja nie.« Sie lächelte ihn an.

»So, so, Kickboxen.« Berg schmunzelte. »Aber eigentlich wollte ich wissen, ob Sie sich auch ein wenig Amüsement gönnen ... abseits der Arbeit.«

Valentina sah ihn erstaunt an. So privat hatte Dietrich Berg bisher nicht mit ihr geredet.

»Machen Sie sich etwa Sorgen um mich, Herr Berg?«

»Wenn ich ehrlich bin, ja. Sie sind eine wunderbare, junge, intelligente Frau. Machen einen hervorragenden Job. Aber in all unseren Gesprächen höre ich nie etwas von Freunden, Familie ...«

Valentina schluckte. Das Gespräch nahm eine Richtung, die ihr nicht behagte.

»Freunde und Familie ...« Sie machte eine Pause; überlegte, ob sie weiterreden sollte. »Ich habe hier weder das eine noch das andere, Herr Berg.«

Ihr leiser Tonfall überraschte ihn. »Sind Sie einsam, Valentina?«

»Warum fragen Sie mich all diese seltsamen Dinge?«

»Sie sind mir ans Herz gewachsen, Valentina. Ich habe mir immer eine Tochter gewünscht; gesegnet bin ich mit zwei Söhnen, die ihren eigenen Kopf und ihre eigenen Vorstellungen haben.«

»Das habe ich auch, Herr Berg.« Valentina berührte zart seine Hand. »Ich kann Ihnen kein Tochter-Ersatz sein. Das wäre unprofessionell und würde unweigerlich zu Problemen führen. Problemen, die entstehen, wenn Vater und Sohn oder generell Eltern und Kinder gemeinsam eine Firma leiten. Das geht selten gut. Verstehen Sie mich?«

Dietrich Berg nickte bedauernd. »Entschuldigen Sie meine Übergriffigkeit, Valentina. Sie haben mich wohl in einem besonders sentimentalen Moment erwischt. Vergessen Sie einfach meine Worte. Einverstanden?« Er reichte ihr die Hand.

Sie griff zu und drückte sie fest. »Einverstanden. Ich arbeite gern für Sie und daran soll und wird sich nichts ändern.«

Kaum hatte Valentina Montero sein Büro verlassen, ließ Dietrich Berg sich stöhnend auf seinen Stuhl fallen. Er vergrub sein Gesicht in seinen Händen und schüttelte den Kopf.

Bist du denn von allen guten Geistern verlassen? Was hast du dir bloß dabei gedacht?

Wie konnte er Valentina nur mit derart privaten Fragen behelligen? Unangenehm auch für sie, wie nicht zu übersehen war.

Er mochte diese junge Frau. Sehr sogar. Und er machte sich tatsächlich Sorgen um ihr Befinden.

Noch lange kein Grund, ihr verbal derart auf die Pelle zu rücken, haderte er mit sich.

Er wurde einfach nicht schlau aus ihr. Sie arbeitete zuverlässig, professionell und immer erfolgreich; soweit es seine Anliegen betraf. Fakt war aber auch, dass er sie für einsam hielt.

Sie lebte sehr zurückgezogen. Und ja, diese Lebensweise erinnerte ihn an seinen jüngsten Sohn. Auch Gregor schien nach seinem Beziehungsdesaster mitunter einsam zu sein. Der Unterschied: Sein Sohn hatte Freunde, die sich um ihn kümmerten. Aber Valentina? Hatte sie jemals Freunde erwähnt? Von ihrer Familie wusste er nur, dass sie fernab von hier lebte. Aber in welchem Land? Sie war ein Rätsel; ein weißes Blatt.

Es müsste ihn nicht bekümmern; er hatte genug eigene Probleme. Aber manchmal, wenn ihre Aufmerksamkeit ein wenig nachließ, erhaschte er diesen speziellen Blick von ihr. Wehmütig, in die Ferne gerichtet. Und er hatte dafür nur eine Definition: Einsamkeit.

Und diese Vermutung beschäftigte ihn schon lang. Und heute war es einfach mit ihm durchgegangen.

Jetzt bin ich schon so lang im Geschäft. Kollegen und Mandanten schätzen meine Distanz und Abgeklärtheit, meine klaren Analysen. Und jetzt so etwas. Unverzeihlich!

Das wurde heute nichts mehr mit konstruktiver Arbeit. Er schloss die Akten in seinen Schreibtisch ein und stand auf.

Ich werde Liane überraschen. Sie freut sich sicher, wenn sie mich ein paar Stunden früher für sich hat.

»Frau Breitenfels, ich verabschiede mich für heute. Und machen Sie einfach auch etwas früher Feierabend. Schönes Wochenende.«

Yvonne Breitenfels ließ vor Schreck beinahe ihr Handy fallen, als Dietrich Berg so unvermittelt vor ihr stand. Eine leichte Röte kroch unaufhaltsam über ihr Gesicht. »Danke schön. Auf Wiedersehen, Herr Berg.«

Da habe ich wohl ein wichtiges Gespräch gestört. Dietrich Berg vergaß dieses kleine Vorkommnis schnell wieder und machte sich auf den Weg zu seinem Wagen.

***

Hinter Dietrich Berg lag ein entspanntes, harmonisches Wochenende, als er sich montags auf den Weg in seine Kanzlei machte. Der ausgesprochen freundliche Frühsommertag, harmonierte perfekt mit seiner guten Laune.

Hätte er auf dem Weg in die Innenstadt schon geahnt, welch unangenehme Überraschung ihn in der Kanzlei erwartete, wäre ihm wohl die gute Laune vergangen.

»Guten Morgen, Frau Breitenfels. Hatten Sie ein schönes Wochenende? Ich hoffe, Sie sind gut erholt. Es wartet viel Arbeit auf uns.«

»Guten Morgen, Herr Berg.« Yvonne Breitenfels vermied es, ihrem Chef in die Augen zu sehen.

Das seltsame Benehmen seiner Sekretärin war neu für ihn und er versuchte, es zu ignorieren. Seit sie seinen Büroalltag reibungslos organisierte, war er von ihrem offenen Wesen beeindruckt.

Vielleicht ein unerfreuliches Wochenende?

Nachdenklich ging er in Richtung seines Schreibtisches. »Gibt es schon einen Kaffee?«, fragte er und setzte sich auf seinen bequemen Stuhl mit weichem Lederbezug.

»Kommt«, rief Frau Breitenfels und wenig später erfüllte sie ihm prompt den Wunsch und stellte eine Tasse mit wohlriechendem Inhalt vor ihn hin.

»Herzlichen Dank. Das wird meine Lebensgeister nun endgültig wecken.« Er lächelte sie freundlich an.

Yvonne Breitenfels rührte sich nicht von der Stelle.

»Gibt es ein Problem, Frau Breitenfels?«, fragte er überrascht.

Mit dem, was nun folgte, hätte er im Traum nicht gerechnet.

Frau Breitenfels hielt ihm mit zittriger Hand ein sorgsam gefaltetes Stück Papier entgegen.

Mit einem unguten Gefühl nahm Dietrich Berg es entgegen, faltete es auf und wollte seinen Augen nicht trauen. *Kündigung* stand dort unübersehbar.

»Verstehe ich das richtig? Sie kündigen?«

Yvonne Breitenfels nickte verlegen.

»Das ist eine äußerst unangenehme Überraschung für mich. Sie waren mir immer eine Stütze, auf die ich mich verlassen konnte. Was ist passiert, Frau Breitenfels?«

»Es tut mir leid, Herr Berg. Mir ist klar, dass ich Sie quasi im Stich lasse, aber es gibt triftige Gründe.«

»Ich will Ihnen nicht zu nahetreten, Frau Breitenfels, aber darf ich fragen, was genau passiert ist?«

Yvonne Breitenfels schwieg einen Moment. Dann schien sie sich einen Ruck zu geben. »Ich habe einen Mann kennengelernt. Er möchte, dass ich zu ihm nach Spanien ziehe. Ich möchte diese Chance nicht vertun. Es ist nicht immer einfach … allein.«

Dietrich Berg sah sie verblüfft an, dann verzog sich sein Mund zu einem Lächeln. »Auch wenn ich nun zu meinem Bedauern eine zuverlässige Kraft verlieren werde, freue ich mich natürlich für Sie, Frau Breitenfels. Ehrlich. Obwohl es zu meinem Nachteil ist, kann ich Ihre Entscheidung durchaus nachvollziehen und wünsche Ihnen alles Gute für Ihre gemeinsame

Zukunft. Wann soll es denn losgehen … das neue Leben?«

Yvonne Breitenfels sah ihn zerknirscht an.

»Leider schon recht bald, Herr Berg … Nächsten Monat«, sagte sie so leise, dass man sie kaum verstand.

»Nächsten Monat? Das ist aber sehr kurzfristig. Wie soll ich denn auf die Schnelle einen adäquaten Ersatz finden?«

»Ich hoffe auf Ihr Entgegenkommen, Herr Berg. Mir ist klar, dass ich Kündigungsfristen einzuhalten habe, aber …«

»Ich will nicht leugnen, dass mir Ihre Pläne im Moment sehr ungelegen kommen. Andererseits nutzt es mir wenig, eine Mitarbeiterin zu haben, die nur widerwillig und nicht mit ihrer ganzen Aufmerksamkeit an ihrem Schreibtisch sitzt. Nächsten Monat also.«

»Vielen Dank für Ihr Verständnis, Herr Berg. Soll ich Ihnen gleich ein passendes Inserat zusammenstellen?«

»Das wäre äußerst hilfreich, danke. Gut, dann lassen Sie uns die restliche Zeit sinnvoll nutzen. Was liegt heute an?«

Das hat mir gerade noch gefehlt. Gerade jetzt! Ärgerlich. Dietrich Berg konnte nur mit Mühe seinen Unmut unterdrücken.

Gerade jetzt hätte er Frau Breitenfels' Hilfe dringend gebraucht.

Aber gegen die große Liebe komme ich wohl nur schwer an.

Yvonne Breitenfels wurde von leichtem Schwindel erfasst, als sie an das Gespräch mit ihrem Chef dachte. Sie hatte sich tatsächlich getraut und gekündigt.

Der Entschluss war nach einem Wochenende voller Zweifel, Fragen, Tränen und vergeblichen Versuchen, Gernot zu erreichen, gefallen. Jetzt gab es kein Zurück mehr.

Was er wohl dazu sagen wird, ging ihr kurz durch den Kopf.

Egal, er hat mich jetzt lange genug hingehalten. Seine Frau wird irgendwann zu der Überzeugung kommen, dass er tot ist. Jetzt bin ich an der Reihe. Und wenn ich erst einmal bei ihm bin, wird alles gut.

Sie musste jetzt nur die Nerven behalten und dafür sorgen, dass die Dinge sich in ihrem Sinn entwickelten.

Kapitel 9

Gregor konnte nicht wirklich behaupten, dass er sich gutgelaunt auf den Weg zu seinen Eltern machte. Keine Frage, er liebte sie. Aber den Erwartungen, die besonders seine Mutter an ihn hatte, konnte und wollte er nicht entsprechen.

Mal nahm sie Anstoß an seiner Kleidung, mal an seiner Frisur. Stets versuchte er es sportlich zu nehmen; was ihm jedoch nicht immer gelang.

Die unangenehmsten Diskrepanzen gab es, nachdem er sich gegen ein Jurastudium entschieden hatte. Wobei die Berufswahl seines Bruders seltsamerweise nie zur Disposition stand. *Ihm* nahm er das nicht übel. Im Gegenteil. Er hatte ihn dafür bewundert, dass er konsequent und ohne sich auf Diskussionen einzulassen, seinen Weg gegangen war.

»Wer soll die Kanzlei übernehmen, wenn dein Vater mal in den Ruhestand geht?«, war die sorgenvolle und unverkennbar missbilligende Frage seiner Mutter an ihn gewesen.

Damals hatte er nur wortlos mit den Schultern gezuckt. Was hätte er auch sagen sollen? Nicht dass er kein Verständnis gehabt hätte, aber er und sein Vater in einem Büro? Unvorstellbar. Damals.

Mittlerweile sah er die Sache mitunter anders. Besonders dann, wenn er in unvorstellbare, tiefe menschliche Abgründe blicken musste, wünschte er sich in die gediegenen Räume der Anwaltskanzlei Dr. Dietrich Berg.

Seinen Eltern gegenüber zugeben würde er das allerdings nicht.

Er parkte sein Auto vor dem Haus seiner Eltern in der ruhigen Vorortstraße mit den gediegenen Häusern und den großen, aufgeräumten Grundstücken. Ein Stück heile Welt, zumindest von außen betrachtet.

Er blieb noch einen Moment hinter dem Lenkrad sitzen. Was würde ihn hinter der strahlendweißen Fassade mit den blank geputzten Fenstern erwarten? Welche Lebensweisheiten hätte seine Mutter heute für ihn parat?

Er atmete tief durch, stieg aus und ging zügig durch den gepflegten Vorgarten zur Eingangstür.

»Dann mal los.« Er drückte entschlossen auf den goldenen Klingelknopf.

Entgegen seiner Erwartung öffnete sein Vater ihm die Tür.

»Schön, dass du da bist, mein Sohn.«

»Nanu, bist du heute der Grüßaugust für ungezogene Söhne? Ist Jonas schon da?«

»Zu Frage 1: Deine Mutter ist beschäftigt. Zu Frage 2: Dein Bruder drückt sich«, antwortete sein Vater im Anwaltsjargon.

»Der Glückliche. Dann kriege ich heute die geballte Mutterliebe allein ab.«

Sein Vater schmunzelte. »Das kriegst du doch hin. Bist doch schon ein großer Junge.« Er strich ihm liebevoll übers Haar und bugsierte ihn hinüber ins Wohnzimmer.

»Mein Junge, da bist du ja«, empfing ihn seine Mutter und umarmte ihn fest. »Ich hoffe, du hast ordentlichen Appetit mitgebracht.«

»Hallo, Mutter, gut schaust du aus. Und ja, ich habe mächtigen Hunger.«

»Dann lass uns nicht länger warten. Du hast sicher gehört, dass dein Bruder ...«

Gregor nickte. »Hat vermutlich Wichtiges zu tun«, unterbrach er sie.

»Was gibt es Wichtigeres, als einmal im Monat ein paar Stunden mit der Familie zu verbringen?«

Och, ich könnte dir spontan ein paar Dinge nennen, liebe Mutter, dachte Gregor bei sich. »Also mit was verwöhnst du uns heute?«, sagte er stattdessen.

»Setzt euch und lasst euch überraschen.«

Ohne Zweifel, seine Mutter war eine großartige Köchin. Wenn man sie in der Öffentlichkeit sah, konnte man sich kaum vorstellen, dass diese gepflegte, immer korrekt gekleidete Frau bevorzugt viel Zeit in der Küche verbrachte, um ihre Männer mit immer neuen Köstlichkeiten zu verwöhnen.

Sein Bruder und er waren nicht ganz unschuldig daran.

Vor zwei Jahren zerbrachen sie sich tagelang den Kopf darüber, was sie ihrer Mutter zu Weihnachten schenken könnten; einer Frau, der es an nichts mangelte. Am Ende fiel die Entscheidung auf einen Gutschein für einen Kochkurs bei einem namhaften Sternekoch. Die Diskussion darüber, ob ihre Mutter das Geschenk eventuell als Rüge an ihrer Kochkunst auslegen würde, dauerte länger als die eigentliche Kaufentscheidung.

Er erinnerte sich noch genau daran, mit welch mulmigem Gefühl er an diesem Weihnachtsabend mit dem Gutschein in der Jackentasche zu seinen Eltern gefahren war. Jonas fand seine Bedenken albern und ließ keine Gelegenheit aus, darüber mit ihm zu frotzeln.

Doch ihre Mutter hatte sie an diesem Abend überrascht. Statt sich zu ärgern, hatte sie den Gutschein freudig entgegengenommen und ihren Männern versprochen, dass sie dieses Geschenk nicht bereuen würden.

Und so war es tatsächlich gekommen.

Bis heute war sich Gregor nicht sicher, ob die Begeisterung seiner Mutter nicht in erster Linie der Tatsache zu verdanken war, dass sie *nichts* mehr liebte als ein harmonisches Weihnachtsfest.

Immer wenn sie mit einem wunderbaren Essen verwöhnt wurden, gratulierten sich die beiden Brüder zu dieser wirklich guten Geschenkidee.

Gregor rieb sich genussvoll den Bauch. Was das Essen betraf, hatte sich der Besuch gelohnt und seine Mutter schien heute an einem friedlichen Familientreffen gelegen zu sein.

Er hatte sich zu früh gefreut.

»Neulich ist mir Deborah über den Weg gelaufen«, sagte sie unvermittelt und sah ihn verstohlen an. »Sie sah blendend aus.«

Gregor wappnete sich.

»Mutter ... bitte.«

»Ihr wart so ein schönes Paar. Ich verstehe nicht, warum du das vermasselt hast.«

»Die Gründe willst du nicht wissen; glaube mir. Und akzeptiere bitte, dass deine Vorstellungen von meinem Leben nicht kompatibel sind mit meinen Vorstellungen von meinem Leben. Ich betone *meinem*.« Er tippte sich energisch auf die Brust.

Dietrich Berg verdrehte die Augen. Er konnte durchaus verstehen, dass Liane sich wünschte, ihre Söhne würden endlich Familien gründen. Dafür sorgen, dass eine fröhliche Enkelschar von dem weitläufigen Garten Besitz nahm. Aber ihr Ansatz war falsch und führte regelmäßig zu unschönen Diskussionen.

Er musste dringend wieder einmal mit ihr darüber sprechen. Sonst säßen sie demnächst allein hier an dem großen, schön gedeckten Tisch.

»Ich meine es doch nur gut mit euch. Aber du und dein Bruder wollt mich bewusst falsch verstehen.«

»Liane ...«

»Ja, halte du dich nur immer schön heraus. Überlasse es mir, die unangenehmen Dinge anzusprechen.«

»Ihr solltet nicht über Dinge streiten, die längst nicht mehr in eure Zuständigkeit fallen. Jonas und ich sind erwachsene Männer. Keine kleinen Jungs mehr, die man an die Hand nehmen und denen man noch die Brote schmieren muss.«

Gregor stand auf. »Danke für das leckere Essen. Ich muss los. Will mich noch mit Freunden treffen.«

Das war eine Lüge und er schämte sich dafür. Niemand wartete auf ihn. Aber er musste dieser Inquisition seiner Mutter entkommen, ehe er unschöne Dinge aussprach.

Wenn es nach ihm ging, würde seine Mutter nie erfahren, welch hinterhältige, falsche Schlange ihre geliebte Wunsch-schwiegertochter ist. Sie hatte *ihm* das Herz gebrochen und dafür gesorgt, dass er noch heute, fünf Jahre nach dem Fiasko, keiner Frau über den Weg traute.

Nachdem er wieder in seinem Auto saß, versuchte er sich vorzustellen, welches Gespräch seine Eltern jetzt wohl führen mochten. Auf jeden Fall ein zivilisiertes, wie immer. Das beruhigte ihn ungemein. Er kannte jede Menge abschreckende Beispiele.

***

Dietrich Berg war ein Mann der Tat. Unerfreuliches schob er nicht gerne auf die lange Bank.

Entgegen seiner sonstigen Angewohnheit, sich nach dem Essen auf seinen bequemen Sessel zurückzuziehen und in der Zeitung zu blättern, half er Liane heute beim Aufräumen.

»Nun sag schon, was du zu sagen hast.« Liane sah ihn herausfordernd an.

Dietrich räusperte sich. »Ich will dir nicht zu nahetreten, meine Liebe, aber du solltest dir solche Bemerkungen einfach verkneifen. Unser Sohn ist wahrlich alt genug, um die richtigen Entscheidungen zu treffen. Du musst ihn nicht ständig mit der Nase darauf stoßen, was *deine* Erwartungen sind. Zumal wir bis heute nicht wissen, was damals vorgefallen ist.«

»Ich bin seine *Mutter* und ich wünsche mir, dass er endlich glücklich ist.«

»Das wünsche ich ihm auch. Aber das liegt nicht in *unserem* Ermessen.«

Lianes Augen füllten sich mit Tränen. »Ich weiß, ich bin eine schreckliche Mutter. Aber ich liebe meine Söhne und will nur ihr Bestes.«

Dietrich nahm sie in den Arm. »Was redest du denn da. Du bist eine wunderbare Mutter. Du warst immer für die Jungs da, hast ihre Bedürfnisse immer über deine eigenen gestellt.«

Liane schluchzte leise. »Aber sie gehen immer mehr auf Abstand zu uns ... und besonders zu *mir*. Manchmal scheue ich sogar davor zurück, sie einfach anzurufen, zu fragen, wie es ihnen geht, ganz zu schweigen davon, sie zu besuchen, wenn mir danach ist. Das ist doch nicht normal.

Wenn sie in einem anderen Land leben würden, hätte ich wenigstens eine plausible Erklärung für diese Distanz. Aber so ... Sie meiden mich.«

»Vielleicht ist ihnen der Druck zu viel, Liebes. Versuch einfach, mehr Verständnis dafür aufzubringen, dass sie ihr Leben so gestalten, wie es ihnen am besten passt. Sie brauchen unsere Ratschläge nicht mehr.«

»Aber ...«

Dietrich strich ihr sanft über den Rücken. »Sie lieben dich, Liane, aber du musst ihnen Raum und Luft lassen, ihnen zugestehen, dass sie ihre eigenen Erfahrungen machen. Und dass sie selbst dafür geradestehen müssen, wenn etwas schiefläuft in ihrem Leben. Wir haben sie zu selbstbewussten, anständigen und wunderbaren jungen Männern erzogen. Jetzt ist es an ihnen, das Beste daraus zu machen. Vertraue ihnen. Sie werden ihren Weg gehen. Und sollten sie hin und wieder Schwierigkeiten bekommen, sind wir für sie da ... Wenn *sie* das wollen. Und ich bin mir sicher, dass sie das auch wissen.«

»Sie sind mir manchmal so schrecklich fremd, Dietrich. Als Kinder haben sie mir immer alles erzählt. Ihre Sorgen, ihre Ängste, ihre Niederlagen mit mir geteilt. Und jetzt? Wo ist die Vertrautheit hingekommen? Es tut mir weh, dass ich das Gefühl habe, sie vertrauen mir nicht mehr.«

»Liane, denk ein Stück weiter zurück. Hast du es mit deinen Eltern nicht irgendwann auch so gehalten? Hast du nicht auch irgendwann entschieden, dass deine Eltern nicht mehr deine bevorzugten Vertrauenspersonen sind? Das ist der Lauf der Zeit.«

»Ach, Dietrich, mein Verstand gibt dir Recht, aber mein Herz ...« Sie schüttelte den Kopf. »Da muss ich noch ordentlich an mir arbeiten. Aber ich verspreche dir, dass ich das tun werde. Wir wollen ja nicht irgendwann allein an unserem großen Tisch sitzen, nicht wahr?«

»Du kriegst das hin. Da bin ich mir sicher ... Ist von dem leckeren Nachtisch noch eine Portion übrig?«

Liane drohte ihm schelmisch mit dem Zeigefinger.

Dietrich war zufrieden. Er hatte es geschafft. Seine Frau konnte wieder lächeln.

Kapitel 10

Die folgenden Tage waren für Doro wie in einen Nebelschleier gehüllt. Grau und trostlos und voller unschöner Überraschungen.

Zuerst fiel ihr das abweisende Verhalten ihrer Nachbarn auf. Die schienen ihr bewusst auszuweichen. Vermieden es, ihr nahe zu kommen. Hin und wieder stand sie am Fenster, verborgen hinter der Gardine, und beobachtete sie; sah, wie sie die Köpfe zusammensteckten, tuschelten und dabei verstohlen zu ihrem Haus herüberschauten. Deutlich genug, um zu erkennen, dass sie das Gesprächsthema war.

Mein Mann ist verschwunden. Warum kommen sie nicht zu mir, um mich zu trösten? Warum bietet mir niemand seine Hilfe an? Und auch keine meiner Freundinnen lässt sich blicken.

Ihre Gedanken waren voller Bitterkeit.

Nachdem ihr am Bodensee klargeworden war, dass es keinen Sinn machte, dort auf ein Wunder zu warten, hatte sie sich voller Hoffnung auf Trost auf den Heimweg gemacht. Doch jetzt zerstob diese Hoffnung, wie ein zarter Blumenduft im Wind.

Wenn ich nur wüsste, was in der Zwischenzeit geschehen ist; warum ich so alleingelassen werde?

Doro Ziegler setzte sich auf die Couch und starrte vor sich hin.

Wie gern wäre sie in den Garten gegangen, um mit dem einen oder anderen Nachbarn ein paar nette Worte zu wechseln. Diese Unbekümmertheit war weg, denn deren Verhalten führte ihr vor Augen, dass sie ihr lieber aus dem Weg gingen.

Jetzt war sie endgültig allein.

Hoffentlich kommt Gernot wieder ...

Die schlechten Nachrichten und Ereignisse rissen nicht ab.

Tage später klingelte der Briefträger. Sie öffnete mit einem Lächeln im Gesicht die Tür; hatte schon ein paar nette Worte auf den Lippen. Doch er schaute sie nur verlegen an und hielt ihr einen Briefumschlag entgegen.

»Einschreiben. Ich brauche Ihre Unterschrift«, war sein knapper Kommentar.

Ihr gingen die vielen witzigen Dialoge, die sie mit diesem Mann schon geführt hatte, durch den Kopf. Und jetzt behandelte er sie wie eine Fremde.

Sie leistete die gewünschte Unterschrift, nahm den Brief wortlos in Empfang und schloss die Haustür wieder.

Im Flur warf sie einen Blick auf den Absender. *Staatsanwaltschaft. Was hat das zu bedeuten?*

Ihre Hand zitterte, als sie mit der Fingerspitze in die kleine Öffnung am Verschluss fuhr, den Briefumschlag hektisch aufriss und zu lesen begann. Nach wenigen Worten ließ sie das Schriftstück sinken.

Eine Vorladung. Was zum Kuckuck? Doro verstand die Welt nicht mehr.

Das abweisende Verhalten der Nachbarn, das seltsame Benehmen des Briefträgers und jetzt eine Vorladung der Staatsanwaltschaft.

Hatte das alles mit Gernots Unfall zu tun? Gab es irgendwelche Forderungen? Musste sie die Kosten für die Bergung der Möwe II und die Suchaktionen tragen?

Fragen über Fragen und sie hatte keine Antworten dafür.

***

Das große, unpersönliche Gebäude der Staatsanwaltschaft war einschüchternd. Die blanke Glasfassade, die kalten Marmorfliesen in der Eingangshalle, die Menschen, die mit unbeweglicher Miene an ihr vorbeigingen. Keiner bot ihr Hilfe an oder fragte freundlich nach dem Grund ihrer Anwesenheit. Sie fühlte sich hilflos und alleingelassen.

Was wird mich hier erwarten?

Sie zog das Schreiben aus ihrer Handtasche und faltete es auseinander.

3. Stock, Zimmer 15, Staatsanwalt Mayerhofer, las sie leise.

Nur Mut, Doro, sie werden dir schon nicht den Kopf abreißen, sprach sie sich Mut zu.

Was sie in der nächsten Stunde erfuhr, hätte sie sich in ihren kühnsten Träumen nicht vorstellen können. Ihr Mann Gernot ein Betrüger und sie sollte von seinen Machenschaften gewusst haben.

Doros heile, wohlhabende Welt brach in sich zusammen.

Und nun machte auch das Verhalten ihrer Nachbarn Sinn.

»Gibt es überhaupt Beweise für Ihre Anschuldigungen?«

Dr. Mayerhofer deutete auf die dicke Akte, die vor ihm auf dem Schreibtisch lag. »Mehr als genug. Leider.«

Doros Augen füllten sich mit Tränen.

»Ich kann nicht glauben, dass Sie davon nichts gewusst haben, Frau Ziegler. Denken Sie noch einmal scharf nach. Denn wenn dem doch so ist, werden wir es herausfinden und dann werde ich Sie wegen Behinderung der Justiz anklagen.«

Doro schüttelte den Kopf. »Ich wusste von all dem nichts. Bitte, glauben Sie mir doch. Wenn Gernot gefunden wird, klärt sich alles auf. Er ist kein Betrüger. Niemals!«

Dr. Mayerhofer sah sie ernst an. »Frau Ziegler, ich kann verstehen, dass Sie das alles schockiert, aber glauben Sie mir, die Menschen, die nun um ihre Existenz bangen sind das auch.«

»Wie geht es jetzt weiter?«

»Sollte Ihr Mann wider Erwarten doch noch gefunden werden, kann er uns sicher alle offenen Fragen beantworten. Wenn nicht, werden wir uns leider an *Sie* halten müssen. Halten Sie sich zu unserer Verfügung und verlassen Sie bitte nicht die Stadt. Sie hören von uns. Für heute war's das. Danke für Ihr Kommen, Frau Ziegler.«

Doro verließ das Gebäude wie in Trance.

Die müssen sich irren. Gernot würde niemals Leute um ihr Geld betrügen. Es wird sich alles aufklären.

Sie kam an einem Zeitungskiosk vorbei und die Schlagzeilen, die ihr nahezu entgegenschrien, belehrten sie eines Besseren.

Finanzbetrüger bei mysteriösem Bootsunglück verschwunden

Verzweifelte Menschen hoffen auf Gerechtigkeit

Polizei und Staatsanwaltschaft ermitteln

Hatte Gernot Ziegler Komplizen?

Doro war erschüttert. Hatte sie sich derart in ihrem Mann getäuscht?

Sie wusste nicht mehr so recht, wie sie nach Hause gekommen war.

Beim Einbiegen in die ruhige Villenstraße hoffte diesmal *sie*, keinen der Nachbarn zu sehen.

Jetzt, da sie wusste, warum die Leute sich so seltsam, ja abweisend ihr gegenüber verhielten, empfand sie Scham. Obwohl sie unschuldig war.

Aber was half es schon, dass *sie* es wusste? Die Leute gingen offensichtlich davon aus, dass sie in die Machenschaften ihres Mannes eingeweiht war.

Vermutlich war es in einer gut funktionierenden Ehe üblich, keine solchen Geheimnissen voreinander zu haben.

Sie fing an, Gernots Verhalten zu hinterfragen. Die vielen nächtlichen Stunden, die er allein in seinem Büro verbracht hat, das schnelle Abschalten seines Laptops, wenn sie ins Zimmer gekommen war. All diese harmlosen Dinge, bekamen nun für sie eine andere Bedeutung.

Ist er deshalb so oft ohne mich in die Schweiz gefahren? Hat er dort das ganze Geld der Leute versteckt?

Der Schock saß tief. Eine bleierne Müdigkeit erfasste sie.

Obwohl draußen die Sonne noch hoch am Himmel stand, der Tag gerade mal Halbzeit hatte, ging sie in ihr Schlafzimmer, drückte eine Schlaftablette aus dem Blister und spülte sie mit einem Schluck Wasser hinunter.

Während sie auf den erlösenden Schlaf wartete, der für eine Weile all das Unangenehme aus ihren Gedanken verbannen würde, fragte sie sich, ob die gute Freundin, die ihr diese Pillen zugesteckt hatte, auch zu Gernots Opfern gehörte.

Und dann stieg die bange Frage in ihr hoch: *Habe ich überhaupt noch Freunde?*

Mit dieser Frage, die sie schier verzweifeln ließ, fiel sie in einen tiefen, gnädigen Schlaf ohne Kummer und Leid.

***

Ihr blieb nicht allzu viel Zeit, Antworten zu finden.

Eine Woche später wurde sie früh am Morgen durch langanhaltendes Läuten und lautes Klopfen an der Eingangstür geweckt.

Sie brauchte einen Moment der Besinnung, dann stieg sie schlaftrunken die Treppe hinab ins Erdgeschoss und öffnete die Tür.

Leute mit großen Kästen standen davor, hielten ihr einen Durchsuchungsbeschluss vors Gesicht und forderten Einlass.

Doro wusste nicht, wie ihr geschah. Ihr Haus sollte durchsucht werden?

Was werden wohl die Nachbarn denken?

Dann kam ihr zu Bewusstsein, dass die ihr Urteil schon längst gefällt hatten.

Sie trat beiseite und ließ die Leute eintreten.

»Mein Name ist Bräuning. Wo ist das Arbeitszimmer Ihres Mannes?«

»Kommen Sie mit«, antwortete sie müde und ging voraus.

Der Mann, der offenbar das Sagen hatte, deutete auf die Kabel auf dem leeren Schreibtisch. »Computer, Laptop und so weiter ... Wissen Sie, wo die Geräte sind?«

»Ich habe keine Ahnung.«

»Sind das alle Akten oder gibt es noch andere Räumlichkeiten, in denen Ihr Mann gearbeitet hat?«

»Davon weiß ich nichts.« Sie sah den Mann grimmig an.

»Gut, dann lassen Sie uns unsere Arbeit tun. Sollten noch Fragen auftauchen, rufen wir Sie.«

Damit war sie vorerst entlassen.

Die Leute hielten sich mehrere Stunden in ihrem Haus auf.

Doro saß im Wohnzimmer, regungslos, tatenlos und wartete auf das Ende dieser Aktion.

Hin und wieder hörte sie leise Diskussionen, dann herrschte wieder minutenlang Stille.

Was hoffen sie zu finden, ging ihr durch den Kopf.

»Frau Ziegler, ich habe noch ein paar Fragen an Sie.« Herr Bräuning stand unvermittelt vor ihr.

Sie schrak auf. »Ja, bitte.«

»Wir haben hier Unterlagen über ein Haus am Comer See. Was ist damit?«

»Was genau meinen Sie?«

»Wem gehört dieses Haus?«

»Es gehört mir. So steht es jedenfalls in der Besitzurkunde. Mein Mann hat es mir geschenkt.«

»So, so, geschenkt«, meinte Bräuning süffisant.

»Ja. Was hat das mit der Sache zu tun?«

»Gute Frau, Ihr Mann hat beträchtlichen finanziellen Schaden angerichtet. Sie können davon ausgehen, dass Sie alle Wertgegenstände, die *ihm* gehören, veräußern müssen, um den Schaden zu begrenzen.«

Doro sah ihn perplex an. *Was meint dieser unfreundliche Kerl damit bloß?*

»Was ist mit dem Haus hier? Gehört das auch *Ihnen*?«

»Ich weiß es nicht?«, sagte Doro hilflos.

»Na, das lässt sich leicht klären. Ein Anruf beim Grundbuchamt und wir haben die Antwort.«

»Und wenn es nicht so sein sollte, muss ich dann ...«

»... müssen Sie damit rechnen, dass dieses Haus verkauft wird und der Erlös in die Entschädigungsmasse eingeht.«

»Aber wo soll ich dann hin?« Doro sah den Mann erschrocken an.

Bräuning zuckte nur mit den Schultern.

Am späten Vormittag beendeten die Beamten ihre Arbeit und verließen das Ziegler-Haus mit etlichen prall gefüllten Kisten.

»Halten Sie sich zu unserer Verfügung«, wies Bräuning sie an. »Sobald wir die Unterlagen gesichtet haben, gibt es sicher noch Aufklärungsbedarf. In der Zwischenzeit sollten Sie sich ernsthaft überlegen, ob Sie nicht besser mit uns zusammenarbeiten wollen.«

»Alles, was ich weiß, habe ich Ihnen gesagt.«

»Wie Sie meinen. Ihre Entscheidung.«

***

Doro hatte sich Trost erhofft, aber das Gespräch mit ihrer Mutter glich eher einem unangenehmen Verhör.

»Hast du davon gewusst, Doro?«

»Mama!«

»Also ich weiß immer, was dein Papa so treibt.«

»Nein. Ich hatte keine Ahnung. Das musst du mir glauben.«

»Hab gleich gesagt, du sollst die Finger von dem Ziegler lassen.«

»Gernot. Er heißt Gernot.«

»Ist doch egal. Ich konnte den Kerl von Anfang an nicht ausstehen.«

»War nicht zu übersehen. Was hat er dir getan, Mama? Kannst du mir das endlich mal erklären?«

»Schau dich an. Dann hast du die Erklärung. Die Leute deuten mit den Fingern auf dich. Du hast keine ruhige Minute mehr. Alles wird breitgetreten in diesem elenden Internet. Nichts bleibt in den vier Wänden, wo es hingehört. Wenn ich daran denke, was aus dir hätte werden können, wenn du nicht diesen ...«

»Diesen was? ... Er war immer gut zu mir. Er hat ...«

»... dafür gesorgt, dass du alle deine Pläne beerdigst und nur für ihn da bist. Und nun? Keine Ahnung, was bei der Geschichte noch zum Vorschein kommt. Wenn's dumm läuft, verlierst du alles. Dann stehst du mit Ende Dreißig vor dem Nichts.«

»Ich glaube fest daran, dass Gernot wieder nach Hause kommt. Und dann wird sich alles aufklären.«

»Du glaubst das wirklich, nicht wahr?«

»Was?«

»Dass er wiederkommt.«

»Ja.«

»Kind, schalte doch deinen Verstand ein. Wo soll er denn sein? Wenn du mich fragst ...«

»Tu ich aber nicht.«

»Ich sag's trotzdem. Es gibt zwei Möglichkeiten. Entweder liegt er mausetot auf dem Grund des Bodensees oder er hat sich davongemacht.«

Doro brach in Tränen aus. Genau das hatte sie sich auch schon etliche Male gefragt.

Wo war Gernot? Was war mit ihm passiert? Und als ihre Mutter es nun aussprach, ertrug sie es kaum.

»Vielleicht hat er bei dem Unfall sein Gedächtnis verloren und irrt irgendwo umher und weiß nicht ein noch aus.«

»Vielleicht. Aber eher unwahrscheinlich. Der Unfall und sein Verschwinden haben großes Aufsehen erregt. Sein Bild war überall zu sehen; auch im nahen Ausland. Irgendjemandem wäre er aufgefallen. Tut mir leid, mein Kind, aber du musst den Tatsachen ins Auge sehen.«

»Was soll ich nur machen, Mama?«

Ingeborg Frey zuckte mit den Schultern. »Ich habe keine Ahnung.«

Dem Lauscher an der Tür machte das gerade Gehörte schwer zu schaffen.

Ich weiß immer, was dein Papa so treibt. Wenn Ingeborg nur wüsste, wie falsch sie mit dieser Aussage lag. Er hatte durchaus Geheimnisse vor seiner Ehefrau. Unerfreuliche Geheimnisse.

Seit Tagen quälte Karl Frey sich mit der bitteren Tatsache herum, dass auch er zu Gernots Opfern gehörte. Sein feiner Schwiegersohn hatte ihm das Blaue vom Himmel versprochen und er war so blöd gewesen, diesem Windhund zu glauben.

Wie sollte er Ingeborg nur beibringen, dass ein Großteil ihres Ersparten weg war? Dabei hatte er ihr versprochen, dass nach seiner Pensionierung alles besser werden würde; er dann mehr Zeit für sie beide hätte. Voller Vorfreude hatten sie an manchem Abend bei einem Glas Wein Reisepläne geschmiedet. Und jetzt? Ade Hurtigruten, ade Nordkap und auch die Safari in Namibia würde ins Wasser fallen müssen.

Das würde sie ihm niemals verzeihen. Da war er sich sicher. Immerhin kannte er sie schon seit Jahrzehnten; wusste also, wie nachtragend sie sein konnte.

Ihm blieb nicht mehr viel Zeit für ein klärendes Gespräch mit ihr. Er musste bald mit der bitteren Wahrheit herausrücken, bevor eventuell ein amtliches Schreiben ins Haus flatterte und er zu einem Gespräch bei der Staatsanwaltschaft gebeten wurde.

Verdammt! Warum war ich nur so dumm gewesen?

Kapitel 11

Gregor wünschte sich, die Woche wäre schon zu Ende. Es kam ihm so vor, als würden im Sommer die Uhren langsamer gehen.

Dann läutete sein Telefon und mit einem Mal schien der Tag heller und freundlicher zu sein.

Obwohl sein Gesprächspartner das Telefonat längst beendet hatte, saß er noch immer mit dem Hörer in der Hand an seinem Schreibtisch und starrte auf die Startseite seines Monitors.

Das Polizeilogo schien zurückzustarren.

Gibt es Gedankenübertragung, fragte er sich konsterniert. Er glaubte zwar nicht an außersinnlichen Hokuspokus, aber dieser Anruf brachte ihn ins Grübeln.

Schon seit Langem hatte er die Nase gestrichen voll von Mord und Totschlag in all seinen erdenklich schlimmen Formen. Er hatte genug von ekelerregenden Tatorten und bestialisch zugerichteten Leichen, die einmal Menschen gewesen waren, denen man brutal das Recht auf Leben abgesprochen hatte, indem man ihnen dieses Leben nahm.

Die Tage, die er brauchte, um den ganzen Irrsinn zu verdrängen, häuften sich.

Mitunter ging es so weit, dass er ein schlechtes Gewissen bekam, wenn er unbeschwert Spaß mit seinen Freunden hatte. Mitten hinein in schallendes Gelächter sah er geschundene Körper vor sich und verstummte abrupt.

Andreas wurde nicht müde, ihm zu erklären, dass er das schleunigst ändern müsse. Er könne doch nicht einfach darauf warten, bis dieses ungute Verhalten ihn über kurz oder lang krankmachen würde. Innerhalb des Polizeiapparates gebe es doch Abteilungen mit weniger krassen Fällen. Er solle ernsthaft einen Wechsel in Betracht ziehen. Wäre besser so.

Genau das tat er seit Wochen. Verbunden mit einem schlechten Gewissen und der Vorstellung, damit seine Kollegen im Stich zu lassen. Denn schließlich musste die Arbeit getan werden.

Und jetzt dieser Anruf. Das Angebot, als stellvertretender Leiter zur LKA-Vermisstenstelle zu wechseln.

Wer hat mich empfohlen? Wer hat dafür gesorgt, dass mir der Teppich in einen erträglicheren Job ausgerollt wird?

Er wolle eine Nacht darüber schlafen und sich dann entscheiden, hatte er geantwortet.

In seinem Innersten kannte er die Antwort bereits. Er würde die Gelegenheit beim Schopfe packen.

***

Gregor hatte sich in der Mittagspause eine Pizza Tuna bei Luigi gegönnt. Nach einem Espresso, der stark genug war, neue Lebensgeister zu wecken, machte er sich satt und zufrieden auf den Rückweg.

Noch immer *Senza una Donna* aus Luigis Restaurant im Ohr, schlenderte er über die Straße und hatte plötzlich die Idee, seinem Vater einen Besuch abzustatten, wenn er schon mal in der Nähe war. Warum also nicht ein kurzer Abstecher, bevor ihn der alltägliche Wahnsinn wiederhatte.

Offenbar machen mich italienische Ohrwürmer sentimental; zumal so zutreffende.

Zur Wahrheit gehörte aber auch, dass ihn seit seinem etwas abrupten Abgang nach dem letzten Familienessen, sein schlechtes Gewissen plagte.

Und er war neugierig darauf zu erfahren, ob Jonas endlich mit seinen Eltern geredet und wie sehr die Neuigkeit für Aufruhr gesorgt hat.

Gesagt, getan. Er betrat das Bürogebäude, verzichtete nach dem kalorienreichen

Mittagessen bewusst auf den Fahrstuhl und stieg die Treppen hinauf in die dritte Etage.

Nach einem kurzen Klopfer betrat er die Kanzlei und wunderte sich über den verwaisten Schreibtisch im Vorzimmer.

Mmh, Urlaubszeit, ging ihm kurz durch den Kopf.

Er durchquerte den Raum bis vors Büro seines Vaters. Die Tür war angelehnt.

Noch ehe er klopfen konnte, hörte er ein verhaltenes Lachen, das ihn an verheißungsvolle Nächte an einem einsamen Strand erinnerte.

Neugierig stieß er die Tür auf und blieb wie angewurzelt im Türrahmen stehen.

Das Erste, was er sah, waren atemberaubende Beine und ebensolche High Heels.

Dann registrierte er den Rest. Eine sportlich schlanke Frau mit dunkelbraunen, fast schwarzen Haaren und den Arm seines Vaters auf deren Schultern.

Die beiden wandten ihm den Rücken zu und schauten aus dem bodentiefen Fenster über die Dächer der Stadt. Sein Vater schien seiner Besucherin etwas zu erklären.

Gregor räusperte sich.

Sein Vater schaute über die Schulter; weder verlegen noch ertappt. Er lächelte

Gregor an und sein Arm verließ die Schultern der Frau.

»Hallo, mein Sohn, was führt dich zu dieser außergewöhnlichen Zeit zu mir?«

Jetzt drehte sich auch die Frau um. Gregor starrte sie wortlos an. Das war unhöflich. Das wusste er. Aber er musste erst seine Sprache wiederfinden.

»Hallo, Vater, war in der Nähe.«

»Darf ich dir meinen Gast vorstellen? ... Frau Montero. Valentina Montero ... Mein Sohn Gregor«, wandte er sich an die Frau.

Die lächelte Gregor an und streckte ihm die Hand entgegen.

Zögernd griff Gregor zu, umschloss sie kraftvoll, wie es seine Art war, und wunderte sich nicht wirklich darüber, dass bei der Berührung Strom durch seinen Körper zu fließen schien.

Rasch zog er seine Hand zurück und vergrub sie in der Hosentasche.

»Sorry, wenn ich geahnt hätte, dass du Besuch hast ... Ich wollte nicht stören.«

»Du bist jederzeit willkommen.«

Dietrich Berg schmunzelte. Er sah genau, welchen Eindruck Valentina Montero auf seinen Sohn machte. Ihm war es bei ihrem ersten Treffen nicht anders gegangen. Beschämt hatte er sich damals eingestehen müssen, dass er an ihren Fähigkeiten zweifelte. Umwerfend schön *und* gescheit, das konnte nicht zusammenpassen. Inzwischen waren diese Zweifel restlos ausgeräumt. Frau Montero war ein Profi auf ihrem Gebiet.

»Dein Vorzimmer ist verwaist«, sagte Gregor entschuldigend.

»Ja. Stell dir vor, Frau Breitenfels hat mir doch tatsächlich nach ihrem Urlaub sang- und klanglos die Kündigung auf den Tisch gelegt. Ausgerechnet jetzt. Wegen eines neuen Mannes. Natürlich habe ich noch keinen Ersatz gefunden.«

»Viel Erfolg bei der Suche. Wird sicher nicht einfach werden, jemanden zu finden, der deinen Anforderungen gerecht wird.« Gregor grinste.

»Zum Glück habe ich schon eine nette Dame in Aussicht. Ich bin sehr zuversichtlich, dass in den nächsten Tagen ihre Zusage kommt. Und bei dir so? Komplizierte Fälle?«

Valentina Montero horchte auf und sah Dietrich Berg fragend an.

»Gregor jagt Verbrecher; bevorzugt Mörder.« Er lächelte schelmisch. »Spaß beiseite, er ist Kriminalkommissar.«

»Hauptkommissar«, ergänzte Gregor. Aus irgendeinem Grund war ihm das jetzt wichtig. Und er ahnte prompt, warum. »Übrigens wird sich da demnächst was ändern.«

Sein Vater sah ihn fragend an.

»Mir wurde die Stelle als stellvertretender Leiter der LKA-Vermisstenstelle angeboten.«

»Glückwunsch, Gregor. Das ist eine großartige Neuigkeit.«

Gregor nickte. »Okay. Ich muss wieder los. Noch muss ich Verbrecher jagen. Gruß an Mutter … Übrigens, hat sich Jonas bei euch gemeldet?«

»Nein. Warum fragst du?«

»Nur so. Nicht so wichtig.«

»Auf Wiedersehen, Gregor«, sagte Valentina Montero und lächelte ihn an.

Was für ein gutaussehender Mann, ging ihr durch den Kopf. *Diese sanften braunen Augen – zum Dahinschmelzen. Und die wohl nur schwer zu bändigenden Haare rufen direkt nach einer zärtlichen Hand. Vielleicht …*

Sie wischte den Gedanken beiseite. *Das ist unprofessionell*, rief sie sich zur Ordnung.

Aber anschauen ist nicht verboten.

»Ich hoffe, wir sehen uns mal wieder.« Sie sah ihn erwartungsvoll an.

»Warum sollten wir? Haben Sie auch mit bösen Menschen zu tun?«

»Hin und wieder.« Sie lächelte ihn an.

Schnell raus hier, dachte er, hob kurz grüßend die Hand und verließ eilig das Büro, das ihm wie ein Raum voller

Fallstricke vorkam. Er konnte die Gefahr förmlich riechen.

Wow, dachte er, als er wieder auf der Straße stand. *Wow*.

Kapitel 12

Dietrich Berg hatte Valentina Montero erneut zu sich gebeten. Sie mussten dringend die nächsten Schritte besprechen und planen, wie es weitergehen soll. Denn sollte sich nicht alle Hoffnung in Luft auflösen, mussten endlich brauchbare Ergebnisse her.

Nach einer kurzen, launigen Begrüßung zogen sie sich in Bergs Büro zurück.

»Keine Störung – auch keine Telefonate«, wies Berg Frau Griesbach, die seit einer Woche in seinem Vorzimmer saß, an.

Im Nu war sein Schreibtisch übersät mit Akten des Falls *Ziegler*, Valentina öffnete ihren Laptop und studierte die Örtlichkeiten am Bodensee.

»Ich sollte an den Bodensee fahren, um mir alles aus der Nähe anzusehen.«

»Ja. Ich fürchte, das wird Ihnen nicht erspart bleiben.«

»Mich interessiert besonders die Umgebung in der Nähe des Fundortes in der Schweiz. Vielleicht haben die Ermittlungsbeamten etwas übersehen oder es gibt Zeugen, die noch nicht vernommen worden sind. Nicht jeder hebt von sich aus den Finger und plaudert.«

»Wenn er sich aus dem Staub gemacht hat – wovon ich immer noch ausgehe – muss er Spuren hinterlassen haben.«

»Richtig. Und ich gehe sogar davon aus, dass es Personen geben muss, die ihm geholfen haben.«

»Meinen Sie?« Berg zog seine Stirn in Falten.

»Folgendes Szenario: Ich steige pitschnass aus dem See, brauche trockene Kleidung und vor allen Dingen eine Fahrgelegenheit, um so schnell wie möglich aus der Gegend weg zu kommen. Also. Entweder hat er dort in der Nähe vorsorglich ein Fahrzeug deponiert oder er wurde von Helfern in Empfang genommen.«

»Sicher hatte er Gepäck bei sich. Er wird nicht gegangen sein ohne seine wichtigsten persönlichen Dinge.«

Valentina nickte zustimmend. »Es gibt wasserdichte Behältnisse. Sie haben ja erwähnt, dass bei der Hausdurchsuchung weder Computer noch Laptop gefunden wurden. Heutzutage sind diese Dinge elementar wichtig. Er wird seine Unterlagen sicher nicht in Papierform in den Schrank gestellt haben.«

»Da wären sie gefunden worden.«

»Was schlagen Sie vor, Herr Berg?«

»Vermutlich macht es wenig Sinn, hier auf einen Zufallstreffer zu hoffen.«

Valentina nickte zustimmend. »Ich sollte in die Schweiz fahren und dort nach Anhaltspunkten suchen.«

»Das klingt nach einem aussichtsreichen Ansatz. Wann könnten Sie aufbrechen?«

»In zwei Tagen, schätze ich. Vorher muss ich noch ein paar Informationen sammeln.«

»Die da wären?«

»Ich möchte gern das Navigationssystem von Zieglers Wagen auslesen. Ich könnte dann nachvollziehen, wo er wann war. Könnten wichtige Hinweise sein.«

»Wie wollen Sie das anstellen?« Berg sah sie verdutzt an.

»Ich habe da so meine Methoden.« Sie lächelte.

»Die Sie nicht mit mir teilen möchten ...«

»Ja.«

Dietrich Berg schmunzelte.

Die Tür wurde aufgerissen und Frau Griesbach stürmte ins Büro.

Ehe sie ein Wort sagen konnte, beschwerte sich Berg schroff über die Störung.

»Ich hatte doch darum gebeten, nicht gestört zu werden!«

»Es tut mir leid, Herr Berg. Aber es gibt eine dramatische Entwicklung. Frau Hendrich ...«

»Was ist mit ihr?«

»Sie hat angerufen. Ihr Mann droht, sich und seinen Betrieb in Brand zu setzen.«

»Ja, ist er denn verrückt geworden!?«

»Polizei und Feuerwehr sind vor Ort – und natürlich die Presse. Frau Hendrich bittet Sie eindringlich, mit ihrem Mann zu sprechen. Sie hofft, dass Sie ihn zur Vernunft bringen können.«

Valentina sah bestürzt zwischen Berg und seiner Sekretärin hin und her.

»Gehen Sie nur, Herr Berg. Das Wichtigste haben wir geklärt. Bevor ich losfahre, melde ich mich noch einmal bei Ihnen. Hoffentlich können Sie den Wahnsinn beenden. Viel Glück!«

»Hoffentlich. Was denkt er sich nur dabei?«

»Er ist verzweifelt; wie so viele. Wir müssen endlich vorankommen.«

***

Valentina betrachtete sich zufrieden im Spiegel. Eine fesche Automonteurin sah ihr entgegen, die Baseballkappe verwegen in die Stirn gezogen. Der blaue Overall mit dem Emblem von Zieglers Automarke machte das Outfit komplett.

Das gute Stück hatte sie unter Aufbieten all ihres Charmes und ihrer schönen Augen dem jungen Monteur abgeschwatzt.

Die Idee mit der Fotoserie *Frauen in Männerberufen* auf Instagram war ihr spontan gekommen.

Ein Selfie mit der attraktiven Valentina und das Versprechen, den Overall unbeschadet und pünktlich zurückzugeben, überzeugte den jungen Mann endgültig.

Sie rechnete fest damit, dass Frau Ziegler sich in einer Ausnahmesituation befand und die kleine Farce nicht auf Anhieb durchschauen würde; so war ihr Kalkül. Sie würde zielstrebig vorgehen und ihr keine Gelegenheit geben, lange darüber nachzudenken.

Doro Ziegler horchte auf, als es an der Tür läutete. Umgehend begann ihr Herz stürmisch zu pochen. Derzeit musste sie ständig mit unangenehmen Besuchen rechnen.

Hat dieser Staatsanwalt denn noch immer nicht genug?

Sie ging zur Tür, öffnete und schaute die freundlich lächelnde Frau erstaunt an.

»Guten Tag, Frau Ziegler, mein Meister schickt mich. Ich soll die Wartungsdaten Ihres Autos ermitteln. Dazu bräuchte ich Zugang zum Fahrzeug.«

»Wartungsdaten? Das Auto war vor nicht allzu langer Zeit bei Ihnen zur Inspektion.«

»Und genau da liegt das Problem, Frau Ziegler. Wir haben vergessen, das Protokoll zu dokumentieren. Der Meister hat uns ganz schön die Hölle heiß gemacht.«

»Verstehe. Kommen Sie. Ich öffne Ihnen die Garage.«

»Ich brauche den Zündschlüssel.«

Doro ging zwei Schritte zurück in den Flur und griff in eine flache Schale, die auf einer Anrichte stand. »Hier. Dauert es lang?«

»Ich beeile mich. Versprochen. Danke. Und ein kleiner Rat: Den Zündschlüssel sollten Sie nicht so nah an der Haustür deponieren. Die Signale, die er sendet, könnten von außen ausgelesen und zum Diebstahl Ihres Autos missbraucht werden.« Valentina lächelte Doro freundlich an.

»So etwas ist möglich?« Doro Ziegler sah Valentina bestürzt an.

»Ja. Ein Leichtes mit dem richtigen Gerät. Leider.«

Valentina brauchte nur wenige Minuten, bis sie das Bewegungsprofil des Navigationsgerätes ausgelesen und abgespeichert hatte.

Zufrieden lehnte sie sich zurück und schaute sich im Wagen um.

»Kommen Sie zurecht?« Unverhofft stand Doro Ziegler neben der offenen Wagentür.

Valentina ließ sich den Schreck nicht anmerken. »Alles erledigt. Danke für Ihr Entgegenkommen.« Sie stieg aus. Um eventuellen Nachfragen zuvorzukommen, deutete sie auf das Hinterrad. »Übrigens, da sind bald neue Reifen fällig.«

Doro Ziegler beugte sich vor, um nachzusehen. »Danke. Ich kümmere mich.«

»Und denken Sie an die Sache mit dem Schlüssel.« Valentina tippte burschikos an das große Schild ihrer Baseballkappe und verließ eilig Garage und Grundstück der Zieglers.

Zu Hause studierte sie das Bewegungsprofil auf ihrem Laptop. Gernot Ziegler war auffallend oft in Zürich. Dort würde sie ansetzen.

Sollte es sich tatsächlich um eine Flucht handeln, war es mit entsprechend guter Vorbereitung, sicher ein Leichtes, die Strecke vom Bodensee nach Zürich zurückzulegen.

Neben der genauen Prüfung der Fundstelle wäre ihr nächstes Ziel Zürich und dort im Speziellen der Flughafen Zürich-Kloten. Eventuell gab es dort noch brauchbare Überwachungsunterlagen oder Flugdaten, die ihr helfen könnten.

Aber weil bisher alles auf eine perfekte Aktion hindeutete, war ihre Hoffnung,

Ziegler könnte den Flughafen Zürich-Kloten für seine Flucht genutzt haben, eher gering.

Doch unter Druck macht man Fehler, ging ihr durch den Kopf.

Alles in allem war sie zufrieden. Es kam Bewegung in die Ermittlungen; sie hatten erste vielversprechende Hinweise.

Morgen würde sie ihre Vorbereitungen treffen und dann für einige Tage in die Schweiz fahren.

***

Als Dietrich Berg vor dem Haus der Hendrichs ankam, bot sich ihm ein chaotisches Bild.

Zahlreiche Einsatzwagen von Feuerwehr, Polizei und Rettungsdienst standen aufgereiht in der abgesperrten Straße, Einsatzkräfte diskutierten die notwendigen Maßnahmen.

Er stieg aus seinem Wagen und ahnte, was ihm jetzt bevorstand. Leute der örtlichen Presse stürzten auf ihn zu und bombardierten in mit Fragen.

Das hatte ihm gerade noch gefehlt. Er hasste diese Art von Aufmerksamkeit, tat seine Arbeit lieber ruhig und seriös.

»Herr Berg, uns ist bekannt, dass Sie der anwaltliche Vertreter einiger Ziegler-Geschädigten sind. Offenbar gehören auch die Hendrichs zu den Opfern. Welche neuen Entwicklungen gibt es in dem Fall?«

»Da es sich um laufende Ermittlungen handelt, werde ich also sicher nicht meinen Kenntnisstand mit Ihnen teilen.« Berg versuchte, sich aus der Gruppe zu befreien.

»Die Leute haben ein Recht darauf … Schließlich …«

»Ich unterliege der Schweigepflicht. Das sollte Ihnen als bestens informierte Journalisten doch bekannt sein.« Bergs Stimme triefte vor Sarkasmus. »Wenden Sie sich an die Ermittlungsbehörden. Und jetzt lassen Sie mich durch. Es gibt weiter nichts zu sagen.«

Auf die mehr oder weniger lauten Proteste ging er nicht weiter ein. Unbeeindruckt bahnte er sich seinen Weg durch die Reporterschar. Es war nicht seine Aufgabe, die Neugierde dieser Leute zu befriedigen. Er wollte so schnell wie möglich zu Frau Hendrich; hören, was genau passiert ist.

Als er den Zugang des Grundstücks erreichte, kam Frau Hendrich in Tränen aufgelöst auf ihn zu gerannt.

»Gott sei Dank, dass Sie da sind, Herr Berg. Mein Mann hat den Verstand verloren. Er stürzt uns alle endgültig ins Unglück.«

»Was ist passiert, Frau Hendrich?«

»Die Bank hat uns den notwendigen Kredit nicht gewährt. Das ist wohl das Ende.«

»Wann?«

»Der Anruf kam heute Morgen. Mein Mann war außer sich. Und dann … dann …«

»Bitte beruhigen Sie sich, Frau Hendrich. Was ist dann passiert?«

»Er hat gedroht, jetzt allem ein Ende zu bereiten. Dann ist er in die Lagerhalle gestürmt, hat Benzinkanister geholt und den Inhalt überall verteilt. Offenbar will er alles in Brand setzen.«

»Das ist wirklich eine üble und auch gefährliche Situation, Frau Hendrich. Ich werde versuchen, mit ihm zu reden.«

»Warum ist er nur so dumm gewesen und hat sich auf diesen Ziegler eingelassen? Warum nur?«

»Ich verstehe Ihren Zorn, aber das hilft uns nicht weiter. Jetzt kommt es nur darauf an, Ihren Mann von diesem irrsinnigen Vorhaben abzuhalten.«

Frau Hendrich nickte. »Bitte … bitte reden Sie ihm das aus.«

»Versprechen kann ich das nicht. Keine Ahnung, ob Ihr Mann überhaupt in der Lage ist, die Situation zu erfassen. Ich versuche es. Zeigen Sie mir bitte den Weg.«

Es folgte eine nervige Diskussion mit dem Einsatzleiter der Feuerwehr, der Berg nicht vorlassen wollte.

»Das Risiko ist zu groß«, beharrte er.

»Hören Sie, ich weiß, dass das nicht ohne Risiko ist. Ich bin sein Anwalt und ich werde jetzt versuchen, die Sache zu deeskalieren. Oder haben Sie eine bessere Idee? Wir können natürlich auch warten, bis der Schuppen brennt und für Herrn Hendrich jede Hilfe zu spät kommt. Wollen *Sie* das verantworten?«

»Ich habe Sie gewarnt ... Aber gut, versuchen Sie Ihr Glück.«

»Sind Leute vom Kriseninterventionsteam hier?«

»Noch nicht. Sind angefordert.«

»Die sollten sich schon mal um die Ehefrau kümmern. Sie ist mit den Nerven am Ende.«

Dietrich Berg hatte Mühe, seine Nervosität unter Kontrolle zu halten. Aber wenn er den Mann überzeugen wollte, dass er im Begriff war, alles nur noch schlimmer zu machen, musste er bestimmt auftreten.

Er atmete tief durch und ging auf die Lagerhalle zu, um Herrn Hendrich von seinem Plan abzubringen.

Er hoffte, die richtigen Worte zu finden. Erfahrung auf diesem Gebiet hatte er nicht. Er vertraute auf seinen gesunden Menschenverstand.

»Herr Hendrich? ... Herr Hendrich, hören Sie mich?«

»Was wollen Sie hier? Lasst mich doch alle in Ruhe«, rief Hendrich aufgebracht.

»Ich möchte mit Ihnen reden, Herr Hendrich.«

»Es gibt nichts zum Reden. Es ist vorbei. Aus und vorbei.«

»Nichts ist vorbei. Es gibt immer eine Lösung. Was Sie da vorhaben, ist Wahnsinn und bringt Sie in enorme Schwierigkeiten. Denken Sie doch an Ihre Frau, Ihren Sohn.«

»Die sind besser dran ohne mich. *Ich* habe sie in diese desolate Lage gebracht ... und nicht nur sie.«

»Ihre Familie braucht Sie. Gerade jetzt.«

»Mich braucht niemand mehr. Ich bin ein Versager, der seine Firma und seine Familie in den Ruin getrieben hat.«

»Nein, das haben Sie nicht. Sie waren nur zu gutgläubig – wie noch viele andere Leute auch. Also beenden Sie diesen Irrsinn und kommen Sie heraus.«

Hendrich schwieg.

Berg interpretierte das positiv. *Vielleicht überlegt er. Vielleicht wird ihm gerade bewusst, was er da veranstaltet*, ging ihm durch den Kopf.

»Herr Hendrich, kommen Sie! Oder wollen Sie, dass das SEK Sie hier herausholt?«

Das war reichlich übertrieben, aber Berg hatte das Gefühl, mit seinem Latein am Ende zu sein.

Es vergingen quälende Minuten. Doch schließlich wurde die Tür einen Spalt breit geöffnet und Berg sah in das erschreckend aschfahle Gesicht seines Mandanten.

»Eine gute Entscheidung, Herr Hendrich. Kommen Sie heraus. Ich verspreche Ihnen, dass ich alles tun werde, damit Sie gut aus der Sache herauskommen.«

Der Einsatzleiter, der das Geschehen aufmerksam verfolgt hatte, winkte den Sanitätern zu. Die beiden machten sich auf den Weg, um den verstörten Herrn Hendrich in Empfang zu nehmen.

Jetzt, da die Sache glimpflich verlaufen war, fühlte Dietrich Berg eine unerwartete Schwäche. Ihm wurde schlagartig bewusst, in welcher Gefahr er sich befunden hat. Seine Beine drohten ihm ihren Dienst zu versagen. Er hielt sich an einer Leiter fest und setzte sich auf einen Stapel staubiger Betonsäcke, ungeachtet des teuren Anzuges, den er trug.

»Alles in Ordnung mit Ihnen?«, fragte der Einsatzleiter.

Berg nickte. »Geht gleich wieder. Die Aufregung ...«

»Sie haben das gut gemacht, Herr Berg. Nicht viele haben den Nerv für so etwas.«

»Der Mann ist verzweifelt. Sorgen Sie dafür, dass man behutsam mit ihm umgeht.«

»Das ist Sache der Kollegen der Polizei.«

»Vater ...«

Berg hob überrascht den Kopf. Gregor kam auf ihn zugelaufen.

»Was machst du denn hier?«

»Bist du okay?«

»Ja. Ich bin okay. Warum bist du hier? Es gibt doch nicht etwa Leichen im Keller?«

»Dir geht's tatsächlich gut, wenn du schon wieder scherzen kannst. Ich bin erleichtert. Mutter hat mich ganz aufgelöst angerufen. Sie hat wohl im Radio davon gehört.«

Dietrich sah Gregor betroffen an. »Ich hätte sie informieren sollen. Das ist in dem Trubel untergegangen.«

»Du musstest den Helden spielen?«

»Sie sind meine Mandanten und in einer verzweifelten Lage. Ich musste helfen.«

»Geht's um die Ziegler-Sache? Da scheint sich einiges zusammenzubrauen.«

»Ja. Ziegler. Hoffentlich behalten die anderen Leute die Nerven. So einen Akt möchte ich nicht noch einmal erleben müssen.«

»Deine großartige Ermittlerin tritt wohl auf der Stelle?«

»Sie *ist* großartig, da stimme ich dir zu. Und nein, wir machen Fortschritte.«

»Da bin ich gespannt.«

»Du solltest dich mal von deinen Vorurteilen befreien. Nicht alle Frauen sind wie Deborah. Wann kapierst du das endlich?«

»Himmel, fängst du jetzt auch noch damit an.«

»Ich halte mich weiß Gott zurück. Aber blind bin ich nicht. Deine Aversion gegen Valentina hat sehr wohl mit Deborah zu tun.«

»Das ist allein meine Sache und gehört zudem nicht hierher.«

»Stimme in allen Punkten zu. Aber eines lass dir gesagt sein: Es macht keine Freude, dabei zuzusehen, wie der eigene Sohn stur und unnachgiebig in eine falsche Richtung läuft, weil ihm einmal das Herz gebrochen wurde. So, das musste mal raus. Und ich verspreche dir, dass ich mich ab sofort wieder zurückhalten werde. Vorerst zumindest.« Berg sah seinen Sohn an und lächelte.

»Da fällt mir aber ein Stein vom Herzen. Innigen Dank für die hilfreiche Belehrung, Vater.«

»Bitte sehr. Gern geschehen. Und übrigens, Zynismus ist nicht immer förderlich. Jetzt ab mit dir. Ich habe hier noch zu tun.«

»Rufst du Mutter an?«

»Von dir wäre das jetzt zu viel verlangt, oder?«

Gregor schüttelte den Kopf. »Ich erledige das. Mir scheint, du hast hier tatsächlich noch einiges zu tun … Gut gemacht, alter Herr!« Gregor hob den Daumen, drehte sich um und ging.

Dietrich Berg sah seinem Sohn zerknirscht hinterher.

Diese Diskussion hätte ich uns beiden wirklich ersparen sollen. Er ist schließlich erwachsen.

Ihm blieb keine Zeit mehr noch länger über sein übergriffiges Verhalten nachzudenken.

Herr Hendrich wurde gerade in den Rettungswagen geschoben und Frau Hendrich war in Tränen aufgelöst.

Er musste dieser armen Frau jetzt dringend unter die Arme greifen. Im Gegensatz zu seinem Sohn, brauchte sie seine Hilfe. Und zwar dringend.

Kapitel 13

Valentina stand am Ufer des Bodensees und blickte auf die endlos erscheinende Wasserfläche. Sie gestand sich ein, dass sie falsche Vorstellungen von der Größe dieses Sees gehabt hatte.

Hier in ein Unwetter zu geraten, ist sicher kein Vergnügen, ging ihr durch den Kopf und zum ersten Mal zog sie in Betracht, Ziegler könne tatsächlich einem Unglück zum Opfer gefallen sein.

Dann wären Dietrich Berg und sie auf dem falschen Weg und ihre jetzigen Ermittlungen würden ins Leere laufen.

Sie versuchte, sich die damalige Situation vorzustellen.

Ist es möglich, während eines schweren Gewitters, bei Sturm, Regen und hohen Wellen an Land zu schwimmen?

Das wäre ein riskantes Unterfangen, war ihr klar.

Sie studierte ihre Aufzeichnungen, bemühte sich, genau *die* Stelle zu finden, an der das Boot gefunden worden war.

Sie fuhr nach Uttwil, parkte dort ihr Auto und lief am See entlang Richtung Romanshorn.

Laut Koordinaten stand sie jetzt genau an dem entsprechenden Punkt. Den See vor sich und im Rücken eine gut befahrene Straße.

Sie versuchte sich vorzustellen, welche Situation damals geherrscht haben musste. Ein Unwetter, verängstigte Bewohner, Einsatzkräfte im Dauerstress.

Womöglich genau das passende Szenario, um unbemerkt vom See aus an Land zu kommen, in ein Auto zu steigen und zu verschwinden.

Es war schon spät. Heute würde sie zu keinen neuen Erkenntnissen mehr kommen. Ernüchtert ging sie zurück zu ihrem Auto und fuhr zum Hotel Seemöwe in Güttingen, wo sie ein Zimmer für sich gebucht hatte.

Ein gutes Essen, eine Dusche und etwas Ruhe würden ihr guttun. Danach noch ein Blick auf ihre Aufzeichnungen und dann eine hoffentlich störungsfreie Nacht.

Morgen war auch noch ein Tag und es lag noch ein weiter Weg vor ihr.

Nach einem guten Essen und einem Glas Wein, ging sie zufrieden und satt zum Fahrstuhl.

Ehe ich es mir gemütlich mache, noch schnell der versprochene Anruf bei Herrn Berg, nahm sie sich auf dem Weg hinauf zu ihrem Zimmer vor.

Sie musste ihm unbedingt von ihren Überlegungen und, ja, auch Zweifeln berichten.

Kaum hatte sie seine Nummer getippt, war er auch schon in der Leitung.

»Hallo, Herr Berg, ich hoffe, ich störe nicht … so spät am Abend.«

»Keineswegs. Ich habe schon auf Ihren Anruf gewartet. Wie geht es Ihnen? Gibt es Neuigkeiten?«

»Nein, noch keine Neuigkeiten. Aber ich will nicht verhehlen, dass mir heute zum ersten Mal Zweifel gekommen sind, ob wir mit unserer These von der Flucht richtig liegen.«

»Warum genau, wenn ich fragen darf?«

»Ich stand vor diesem großen Gewässer und stellte mir vor, wie es wäre, mit einem kleinen Boot in ein Unwetter zu geraten.«

»Verstehe.«

»Ich habe keine Ahnung, welche Fähigkeiten man haben muss, um mit solchen Widrigkeiten zurechtzukommen.«

»Soweit mir bekannt ist, besitzt Ziegler das Boot schon seit vielen Jahren. Ich gehe davon aus, dass er etwas davon versteht und – wenn ich ihn richtig einschätze –

auch die Nerven hat, den passenden Moment abzuwarten.«

»Mmh.«

»Immer noch Zweifel?«

»Ich finde, wir sollten beide Möglichkeiten in Betracht ziehen, Herr Berg. Ich mache mich mal schlau, wie man allein ein Boot zum Kentern bringt. Wenn ich da plausible Aussagen finde, bin ich bereit, wieder hundertprozentig an eine Flucht zu glauben.«

»Ja, das macht Sinn.«

»Natürlich recherchiere ich weiter in diese Richtung. Morgen versuche ich, mögliche Zeugen zu finden und dann fahre ich nach Zürich.«

»So machen wir das. Es müsste schon mit dem Teufel zugehen, wenn wir zu keinem Ergebnis kommen würden. Danke für die Informationen. Schlafen Sie gut, Valentina. Und viel Erfolg.«

»Danke, Herr Berg. Einen schönen Abend noch. Und entschuldigen Sie die späte Störung. Ich musste mir zuerst ein Essen gönnen.« Sie lachte belustigt.

»Sie können mich jederzeit anrufen. Jederzeit.«

Valentina war bemüht, Zeugen der Vorkommnisse zu befragen. Sie stieß auf Kopfschütteln, Schulterzucken, Schweigen.

»Überlegen Sie noch einmal genau. Haben Sie nicht eventuell doch etwas bemerkt?« Valentina sah den Mann, der immerhin so tat, als höre er ihr zu, eindringlich an.

Der schüttelte stoisch den Kopf. »Junge Frau, haben Sie eine Vorstellung davon, wie es damals hier zugegangen ist. Wir hatten wahrlich andere Sorgen.«

»Ja, sicher. Aber es wäre wirklich wichtig für mich.«

Er zuckte mit den Schultern. »Ich kann Ihnen nicht helfen. Und jetzt muss ich wieder los. Vielleicht versuchen Sie es mal bei den zuständigen Behörden.«

Auf diesen Rat hätte sie gut und gern verzichten können. Alle hatte sie abgeklappert: Feuerwehr, örtliche Polizei. Überall die gleichen Reaktionen. Niemand wollte etwas bemerkt haben. Nur an die Aufregung am nächsten Tag, als man weiter draußen das gekenterte Boot gefunden habe, daran konnte man sich erinnern.

Da es sich um ein in Deutschland gemeldetes Boot gehandelt habe und auch der Vermisste deutscher Staatsbürger war, sei die Wasserschutzpolizei Konstanz aktiv geworden.

Valentina war frustriert. Es war wie verhext. Bei einem solch außergewöhnlichen Ereignis musste sich doch irgendwer erinnern.

Nun gut, sie würde ihre Zeit nicht weiter mit dem Suchen möglicher Augenzeugen vergeuden, sondern sich erst einmal in Zürich umsehen.

Sie brauchte dringend ein Erfolgserlebnis, einen messbaren Fortschritt.

Bei ihrem abendlichen Telefonat bestärkte Dietrich Berg sie in diesem Plan.

***

Von Zürich war Valentina sofort angetan.

Was für eine schöne Stadt. Hier riecht es förmlich nach Reichtum und gutem Leben, dachte sie bei sich, als sie sich nach einem Bummel durch die Altstadt am Ufer des Zürichsees niederließ, die Sonne genoss und sich Gedanken um ihre nächsten Schritte machte.

Ein Blick auf die Uhr beendete das beschauliche Nichtstun. *Schon so spät. Ich habe doch tatsächlich die Zeit vergessen.*

Sie bedauerte, dass sie nicht noch eine Weile an diesem schönen Platz verweilen konnte. Aber sie war nicht zum Ferienmachen hier. Im Gegenteil. Sie hatte einen Auftrag, bei dem sie endlich Ergebnisse erzielen sollte. Gerade Herrn Berg wollte sie nicht enttäuschen.

Sie stand auf und machte sich auf den Weg zum Motel One in der Stockerstraße.

Sie hatte eine Weile überlegt, ob sie dort absteigen sollte. Dann musste sie akzeptieren, dass Zürich generell ein teures Pflaster war. Also checkte sie ein.

Letztendlich ausschlaggebend und zur Beruhigung ihres Gewissens war die Tatsache, dass die Unterkunft zentral zu den wichtigsten Banken lag.

Keine Autofahrt, kein Taxi. Sie konnte sich zu Fuß bewegen. Etwas, das in den letzten Tagen etwas kurzgekommen war.

Schon auf dem Weg zum Hotel fragte sie sich, ob die Daten von Zieglers Navigationssystem hergaben, in welchen Straßen er sich bewegt, welche Banken er angefahren hatte.

Falls nicht, würde sich die Suche wie das Stochern in einem Heuhaufen anfühlen. Eine unangenehme Vorstellung.

Sie saß auf dem Bett, den Laptop auf den Beinen und studierte die Daten des Navigationssystems. Und plötzlich war sie wie elektrisiert. Was sie da vor sich sah, ließ keine anderen Schlüsse zu: Zieglers letzte Fahrten nach Zürich hatten ein Ziel gehabt: Das Motel One in der Stockerstraße!

Sie dankte den Göttern für diese Fügung. Genau *hier* hatte Gernot Ziegler also die Nächte verbracht.

Und schon hatte sie einen Plan.

Nach einer erfrischenden Dusche und einem sorgfältigen Make-up, schlüpfte sie in ihr hautenges, schwarzes Etuikleid und die hochhackigen Sandalen aus schwarzem Lackleder. Zum Schluss ein Hauch *Gabrielle* von CHANEL aufs Dekolleté.

Zufrieden lächelte sie ihrem attraktiven Spiegelbild zu. Perfekt!

Let's go, Valentina. Showtime!

Ihr Ziel war die Hotelbar. Hotelbars waren ergiebige Orte, erfüllt von Raunen, dunklen oder süßen Geheimnissen … Informationen.

Sie verglich sie mit Frisörsalons. Wer Ohren hatte zu hören, der konnte hören.

Wenig später legte sie einen gelungenen Auftritt hin. Die Aufmerksamkeit der meisten Anwesenden war ihr gewiss.

Zielstrebig ging sie zur Bar und schob sich, mit gewolltem Abstand zu den Herren zur Rechten, gekonnt auf einen der hohen Hocker vor dem Tresen.

Sie hatte zwar selten etwas gegen einen kleinen Flirt einzuwenden, aber heute sollte in erster Linie der Barkeeper ihr Gesprächspartner sein. Von ihm erwartete sie die Informationen, die sie sich erhoffte.

Heute Abend war ihr nach Champagner. Sie schenkte Steve, wie das Namensschild an seiner roten Weste verriet, ein strahlendes Lächeln und äußerte ihren Wunsch.

Als wenig später der herbe, perlende Rebensaft durch ihre Kehle rann, war sie zum ersten Mal seit Tagen zufrieden.

Die Vorstellung, hier endlich eine Information zu finden, die sie weiterbringen würde, beflügelte sie geradezu.

Ausnahmsweise ließ sie sich Zeit für ihre Fragen. Zuerst musste sie einschätzen können, ob Steve zu der Sorte Barkeeper gehörte, die bereit waren, für einen kleinen Flirt zu plaudern.

Sein Verhalten deutete darauf hin. Immer wieder suchte er den Blickkontakt mit ihr, hielt sich bevorzugt an dem Platz ihr gegenüber auf, obwohl die Bar rundherum gut besucht war.

Ich denke, jetzt kann ich es wagen, dachte Valentina und nickte ihm zu.

»Haben Sie noch einen Wunsch, Madame?«, fragte er schmeichelnd.

»Einen etwas speziellen, Steve.« Sie lächelte ihn an.

Er beugte sich vertraulich zu ihr hin.

Valentina bedauerte fast ein wenig, dass sie ihn gleich enttäuschen würde.

Sie holte ihr Smartphone aus ihrer kleinen Tasche, öffnete die Foto-App und tippte auf Zieglers Bild. »Haben Sie diesen Herrn schon einmal gesehen, Steve?«

Seine Enttäuschung war unverkennbar und prompt.

»Polizei?« Er klang distanziert und kühl.

»Nein, Steve, mitnichten. Nur auf der Suche nach einem treulosen Ehemann.« Sie machte ein bekümmertes Gesicht.

»Madame, welcher Idiot könnte eine schöne Frau wie Sie betrügen? Kretin!«

Valentina hatte wieder seine Aufmerksamkeit und sein Wohlwollen. »Helfen Sie mir?«

»Darf ich noch einmal sehen?« Er griff nach ihrer Hand mit dem Smartphone, sah auf das Bild, wiegte kurz den Kopf hin und her und gab ihre Hand wieder frei.

»Ja, ich erinnere mich. Er war schon einige Male hier in dieser Bar. Aber Madame, ich schwöre, nie mit einer Frau, die Ihnen das Wasser reichen könnte.«

»Tatsächlich?«

»Das ist die Wahrheit. Es waren immer Männer seines Kalibers mit denen er sich hier die Zeit vertrieben hat.«

»Wann war er zum letzten Mal hier? … Ich muss es wissen!«, stieß sie hervor.

»Das ist schon einige Wochen her.«

Nun griff Valentina nach *seiner* Hand. »Steve, Sie sind ein wahrer Freund. Ich danke Ihnen.«

»Möchten Sie noch einen Champagner, Madame?«, fragte er hoffungsvoll.

»Nein, danke, Steve. Ich muss einen klaren Kopf bewahren und mir jetzt überlegen, welche Schlüsse ich aus Ihren Informationen ziehen sollte.«

»Sie gehen schon?«

Valentina lächelte ihn an. »Morgen Abend komme ich noch einmal vorbei. Versprochen. Gute Nacht.«

Sie rutschte mit einer eleganten Bewegung vom hohen Barhocker, lächelte ihm noch einmal zu und verließ unter den bewundernden Blicken vieler Männer die Hotelbar.

Genau so habe ich es mir vorgestellt. Männer sind so berechenbar, dachte Valentina zufrieden.

Den nächsten Tag verbrachte sie damit die Bank zu finden, der Gernot Ziegler seine Beute anvertraut haben könnte.

Nach etlichen vergeblichen Versuchen eine brauchbare Information von ihren meist männlichen Gegenüber zu bekommen, gestand sie sich ein, dass dieses Fischen im Trüben zu keinem Ergebnis führen würde.

Diese Tatsache ärgerte sie. Misserfolge nahm sie persönlich. Und auch die Tatsache, dass ihre weiblichen Ansprechpartner in besonderer Weise herablassend gewesen waren. Das nahm sie den Damen krumm, hoffte sie doch jedes Mal auf Solidarität.

Frustriert ging sie zurück zum Hotel.

Zuerst ein kleiner Snack im Zimmer, dann – wie versprochen – ein Besuch bei Steve an der Hotelbar und dann ein Telefonat mit Dietrich Berg, fasste sie die nächsten Programmpunkte zusammen.

Das Erfreulichste an diesem verkorksten Tag war tatsächlich die nette Plauderei mit dem Barkeeper.

Der Flirt mit ihm tat ihr gut. Sie genoss seine bewundernden Blicke, seine Schmeicheleien und das Bedauern in seinen Augen, als sie sich von ihm verabschiedete.

»Schade, Madame, ich hätte Sie gern getröstet.«

Valentina tupfte sich eine imaginäre Träne aus dem Augenwinkel. »Sie sind ein wunderbarer Mann, Steve, aber momentan gibt es keinen Trost für mich.« Sie reichte ihm die Hand.

»Verlassen Sie diesen Kerl. Er hat Sie nicht verdient.«

»Ich werde darüber nachdenken, Steve.«

»Kommen Sie noch einmal wieder?«

»Wer weiß, Steve. Adios mi amigo.«

Ehe sie den Raum verließ, drehte sie sich noch einmal um und winkte ihm zu.

Er wird es verwinden, dieser Charmeur, dachte sie zufrieden.

Sie betrat ihr Hotelzimmer, kickte die Schuhe von den Füßen und öffnete den Reißverschluss ihres Kleides. Sie brauchte dringend einen Hauch von Bequemlichkeit. Danach würde sie Dietrich Berg anrufen.

Leider hatte sie auch heute nichts wirklich Neues für ihn.

Vielleicht sollte ich mich auf den Heimweg machen.

Als sie ihr Smartphone aktivierte, sah sie, dass Berg schon zweimal versucht hatte, sie zu erreichen.

Gibt es eine neue Entwicklung, fragte sie sich und wählte seine Nummer.

»Valentina, schön Sie zu hören. Ich habe mir schon Sorgen gemacht.«

»Das müssen Sie nicht, Herr Berg. Ich passe gut auf mich auf.« Sie lachte leise.

»Beruhigend. Aber nun zum eigentlichen Grund für unser Gespräch. Haben Sie Neuigkeiten?«

»Leider nein. Die Tatsache, dass Ziegler hier in diesem Hotel abgestiegen ist, haben wir gestern schon besprochen. Leider folgte heute prompt der Dämpfer. Ich habe versucht, die betreffende Bank zu finden. Das war vergebens. Die Leute lassen alle

Fragen an ihren unbeweglichen Mienen abprallen. Da komme ich nicht weiter.«

»Das habe ich vermutet. Das Schweizer Bankgeheimnis ist schließlich legendär.«

»Hätte er seinen Wagen nicht am Hotel abgestellt, sondern wäre zu seiner Bank hingefahren, wäre ich ihm auf die Schliche gekommen. Aber so …«

»Sie klingen resigniert. so kenne ich Sie gar nicht.«

»Zu viele falsche Fährten, zu viele Hindernisse … zu viele Zweifel.«

»Zweifel? Immer noch?«

»Ja, leider. Und dass Ziegler offenbar Wochen vor dem Unglück zum letzten Mal in Zürich war, lässt sie nicht weniger werden. Hätte er nicht nach einem möglichen Abtauchen die wichtigsten Dinge aus einem Schließfach holen müssen?«

»Ich gehe davon aus, dass er das alles im Vorfeld geregelt hat. Vielleicht erledigt das auch jemand für ihn.«

»Wen haben Sie da im Auge?«

»Frau Ziegler zum Beispiel.«

»Die macht mir eher einen zu erschütterten Eindruck. Sie müsste schon eine verdammt gute Schauspielerin sein.«

»Ich habe schon Einiges erlebt, Valentina.«

»Dito. Was schlagen Sie vor?«

»Ich habe mir Folgendes überlegt: Sie kommen zurück und konzentrieren sich auf

Doro Ziegler. Die Frage, ob Ziegler eventuell von Zürich-Kloten aus abgeflogen ist, soll die Staatsanwaltschaft klären. Die haben ganz andere Möglichkeiten als Sie.«

»Stimmt. Ohne amtliches Schreiben ernte ich da nur ein müdes Lächeln. Das wären wohl auch vergebliche Anstrengungen, die nur kostenbare Zeit kosten würden ... so wie meine Bankbesuche.«

»Das ist so in einem Rechtsstaat. Deshalb will ich das nicht per se bedauern.«

»Sie sind wirklich ein sehr rechtschaffener Mann, Herr Berg. Auch dafür mag ich Sie.«

»Danke für die Blumen. Kommen Sie zurück und dann sehen wir weiter.«

»Morgen breche ich hier meine Zelte ab. Ich freue mich tatsächlich auf ein paar private Momente.«

»Schön. Dann sehen wir uns in zwei Tagen in meinem Büro.«

»Ja. Bis übermorgen.«

***

Valentina war gar nicht bewusst gewesen, wie sehr sie ihre Wohnung vermisst hatte. Sie genoss es, endlich wieder etwas Privatheit zu haben.

Aber ihr wurde auch schnell klar, dass Herr Berg auf sie wartete und sie unbedingt einen vertrackten Fall lösen wollte.

Also machte sie sich auf den Weg in die Kanzlei.

»Ich freue mich sehr, Sie zu sehen, Valentina. Setzen Sie sich, bitte. Es gibt einiges zu besprechen.«

»Es ist schön wieder hier zu sein. Ich habe Sie ein wenig vermisst.« Sie lächelte ihn an.

»Da haben wir beide eine wertvolle Gemeinsamkeit. Und was unseren Fall betrifft, habe ich mir lange den Kopf über Ihre geäußerten Zweifel zerbrochen.«

»Es ist nur so ein Gefühl.«

»Bauchgefühle sind nicht immer was Schlechtes. Und ich habe auch eine Idee, die Sie eventuell davon befreit.«

»Ach ...«

»Wir sollten uns den Untersuchungsbericht der Wasserschutzpolizei Konstanz besorgen.«

»Wie sollte ich ...«

»Nicht Sie. Ich habe da an meinen Sohn gedacht.«

»Wird er Ihnen diese Bitte nicht übelnehmen? Schließlich hat er nichts ...«

»Wenn *Sie* zu ihm gehen, hat das ein anderes Gewicht.«

Valentina sah ihn verblüfft an. »Herr Berg, führen Sie etwas im Schilde?«

»Ja. Die Lösung unseres Falls.« Er lächelte sie treuherzig an.

Kapitel 14

Gregor realisierte die Veränderung erst als er ihren Duft wahrnahm. Er sah auf und blickte in die stummen, neugierigen Gesichter seiner Kollegen. Dann schaute er zur Seite und da stand sie. Valentina Montero. In einem spektakulären Sommerkleid, das kaum ihre Oberschenkel bedeckte und viel sanft gebräunte Haut zeigte.

Das kann nur Absicht sein ... dieses Outfit. Er schluckte.

»Hallo, Gregor, wie geht es Ihnen?« Sie setzte sich auf seine Schreibtischkante und schlug ihre ellenlangen, schlanken Beine übereinander.

Seine Kollegen grinsten und er hatte Mühe, seine Stimme zu finden.

»Was tun Sie hier?«

»Ihr Vater schickt mich.« Sie lächelte ihn an.

»Mein Vater? Für was soll das gut sein?«

Na warte, alter Herr. Welche Spielchen spielst du da mit mir?

»Können wir irgendwo ungestört reden?«

»Ich habe keine Geheimnisse vor meinen Kollegen.«

»Bitte. Es ist wichtig und vermutlich zu Ihrem Besten.«

»Wollen Sie mich zu illegalen Handlungen animieren?« Er lächelte gequält.

Wenn sie mir noch länger diese atemberaubenden Beine hinhält, flippe ich aus, ging ihm durch den Kopf.

»Das kann ich nicht beurteilen. Vermutlich fällt mein Anliegen nicht in Ihre Zuständigkeit.«

»Mein Vater kennt meine Zuständigkeiten ziemlich gut. Wie kommt er also dazu, Sie ausgerechnet zu *mir* zu schicken?«

»Er denkt, dass Sie uns helfen können … auf dem kleinen Dienstweg.«

»Okay, okay. Um die Sache abzukürzen …« Er stand auf. »Kommen Sie …«

Ehe er den Raum verließ, warf er einen bösen Blick in die Runde. »Ihr könnt weiterarbeiten. Die Show ist vorbei. Bin mal kurz im Besprechungszimmer.«

Valentina schenkte seinen Kollegen zum Abschied ein strahlendes Lächeln und folgte ihm zufrieden.

Er ging so rasch, dass sie ihm kaum folgen konnte.

Ich hätte wohl besser meine Ballerinas angezogen, aber die Wirkung auf den smarten Kommissar wäre wohl nicht so durchschlagend gewesen, dachte sie amüsiert.

Gregor hielt ihr die Tür auf, so weit ging seine gute Erziehung dann doch, und steuerte auf die Tischreihe zu.

»Setzen Sie sich ... bitte. Und dann erzählen Sie mir mal, was mein alter Herr sich bei dieser ganzen Geschichte gedacht hat.«

»Es geht um den Fall *Ziegler*. Sie haben doch sicher von dem Betrugsfall gehört.«

Gregor nickte. »Was hab ich damit zu tun?«

»Sie wissen ja, dass Ihr Vater eine Klägergemeinschaft von Geschädigten vertritt und er mich schon vor einer Weile damit beauftragt hat, mich in Zieglers Umfeld umzusehen.«

Gregor nickte. »Ich verstehe immer noch nicht ...«

»Vor einigen Wochen gab es einen Zwischenfall auf dem Bodensee, der einige Fragen aufwirft. Ziegler war während eines Unwetters mit seinem Boot unterwegs. Das gekenterte Boot wurde in der Nähe des Schweizer Ufers gefunden; von ihm fehlt jede Spur.«

»Die Kollegen dort sind der Sache sicher nachgegangen.«

»Ihre Kollegen in Konstanz und natürlich seine Ehefrau, gehen von einem tragischen Unglück aus. Ihr Vater vermutet, dass Ziegler untergetaucht ist.«

»Mmh. Klingt interessant. Aber ich sehe noch nicht, was ich mit dem Fall zu tun haben sollte. Die Kollegen ...«

»Ich will nicht an der Arbeit Ihrer Kollegen zweifeln. Aber wenn von vornherein von einem Unglück ausgegangen wird, schaut man einfach anders hin als bei einem Tatort.«

»Sie kennen sich ja bestens aus.« Gegen seinen Willen war er beeindruckt.

»Es würde Ihrem Vater und mir helfen, wenn Sie mit den Kollegen in Konstanz Kontakt aufnehmen und sich nach dem Ermittlungsstand informieren würden. Ich könnte sicher auch allein ans Ziel kommen, irgendwie«, sie lächelte verschmitzt, »aber wenn Sie ... Wir hätten einfach schneller ein Ergebnis.«

»Sie wissen aber schon, dass ich, beziehungsweise die hiesige Dienststelle, keinerlei Anlass hat, die Kollegen in Konstanz zu kontaktieren.«

»Ja. Deshalb wollte ich unter vier Augen mit Ihnen sprechen. Mir ist klar, dass das eine kleine Überschreitung Ihrer Zuständigkeit wäre.«

»Ach, das ist Ihnen also klar. Und meinem alten Herrn vermutlich auch. Und trotzdem bringen Sie mich in diese Lage. Haben Sie überhaupt eine Ahnung, was das für Konsequenzen haben könnte, wenn ich mich darauf einließe, und anschließend würde man unangenehme Fragen stellen?«

Sie nickte, legte ihre Hand auf seine und sah ihn mit großen dunklen Augen, die ihr ebenmäßiges Gesicht dominierten, an.

Auf das, was diese kleine Berührung bei ihm auslöste, war er nicht vorbereitet.

Hitze und Erregung schossen durch seinen Körper wie eine Kanonenkugel und krallten sich in seinem Magen fest.

Hastig zog er seine Hand zurück.

»Also, helfen Sie uns?«

Er schwieg. Es fiel ihm schwer, seine Gedanken zu sortieren.

»Gregor?«

»Gut. Ich probier's. Versprechen kann ich nichts. Und mit meinem Vater werde ich ein paar ernste Worte wechseln müssen.«

»Seien Sie nicht zu streng mit ihm. Er will, dass die Leute zu ihrem Recht kommen. Und ich werde alles tun, damit das geschieht.«

Auch wenn du mich dabei um den Verstand bringen musst, ging ihm durch den Kopf.

»Okay. War's das?«

»Das liegt bei Ihnen.« Ihr Lachen war betörend, nahezu frivol ... wie alles an ihr.

»Kann ein paar Tage dauern, bis ich eine Antwort habe. Ich muss jetzt wieder an meine reguläre Arbeit.« Er stand auf. »Ich wäre Ihnen sehr dankbar, wenn Sie mich nicht mehr im Büro aufsuchen würden. Das bringt unseren Arbeitsablauf durcheinander.«

Von mir ganz zu schweigen.

Valentina erhob sich, griff nach ihrer Handtasche und ihrer Sonnenbrille und reichte ihm die Hand.

Einen Moment zögerte er, fragte sich, ob er es wagen sollte, dann griff er zu.

Ihr Daumen strich hauchzart über seinen Handrücken. »Auf Wiedersehen, Gregor, danke für Ihre Zeit und Ihr Verständnis.«

Gregor zuckte zusammen. Dann nickte er. »Sie finden hinaus?«

»Natürlich. Ich bin doch schon ein großes Mädchen.«

Ein großes, gefährliches Mädchen, ging ihm durch den Kopf als er ihr hinterher sah.

Abends wartete er, bis sich das Büro geleert hatte. Dann suchte er im Web nach Informationen zu dem Bootsunfall auf dem Bodensee und las verschiedene Berichte darüber. Danach war ihm klar, dass die einhellige Meinung zu einem tragischen Unglücksfall tendierte.

Er sah auf die Uhr und beschloss, trotz seiner Bedenken und gegen sein Bauchgefühl, noch heute bei seinen Kollegen in Konstanz anzurufen und um den Abschlussbericht zu bitten.

»Kollege, mir ist klar, dass ihr das ordentlich untersucht habt. Aber hier gibt es eine Menge Leute, die um viel Geld betrogen worden sind. Und die rücken uns mit ihren Fragen auf die Pelle. Seid ihr sicher, dass Ziegler irgendwo auf dem Seegrund liegt?«

»Die Kollegen der KTU haben das Boot mehrmals gründlich untersucht. Spuren für ein Verbrechen wurden definitiv nicht gefunden. Aber mal unter uns, ich will nicht ausschließen, dass Ziegler das Ganze vorgetäuscht hat und abgetaucht ist. Kein normaler Mensch bricht zu einem Segeltörn auf, wenn der Hafenmeister die rote Flagge hisst. Und dann wird das gekenterte Boot auch noch vor dem Schweizer Ufer gefunden. Nachtigall ick hör dir trapsen. Aber wie gesagt. Nur meine persönliche Meinung. Offiziell war es ein tragischer Unfall mit Todesfolge. Ich schick dir den ganzen Papierkram zu. Mach dir dein eigenes Bild.«

»Danke, Kollege. Ich weiß deine Hilfe zu schätzen. Ich geh vertraulich damit um. Versprochen.«

»Tu ich gern. Besonders wenn es sich um so ein verkommenes Subjekt handelt.«

***

Valentina schloss die Wohnungstür hinter sich, kickte die hochhackigen Schuhe von den Füßen, zog das Jackett und die weite Hose aus luftig dünnem Leinenstoff aus und ging weiter in ihr Schlafzimmer, um sich auch der restlichen Kleidung zu entledigen.

Sie freute sich wie ein kleines Kind auf eine ausgiebige Dusche. Danach würde sie den wohlverdienten Feierabend genießen.

Wenig später genoss sie das warme Wasser auf ihrem Körper und den betörenden Duft des Duschgels, der den Raum füllte. Endlich fiel die Anspannung von ihr ab.

Nachdem sie sich sorgsam abgetrocknet hatte, schlang sie ein großes Handtuch um ihre nassen Haare. Dann schlüpfte sie in ihre bequeme Wohlfühlhose und ein für sie zu groß geratenes Shirt, das ihr permanent von der Schulter rutschte und keine Zweifel daran ließ, dass sie nackt darunter war.

Nach Stunden in einem tadellosen Outfit genoss sie die legeren Klamotten.

Wenn die da draußen mich so sehen könnten. Valentina konnte sich ein Lächeln nicht verkneifen, als sie sich im Spiegel betrachtete.

Im Wohnzimmer suchte sie passende Musik aus, goss sich etwas Sherry in ein Glas und steuerte damit ihre geliebte, überaus bequeme Couch an. Jetzt war es perfekt.

Sie rückte sich ein paar Kissen zurecht, lehnte sich zurück, nippte an ihrem Sherry und lauschte einen Moment mit geschlossenen Augen Adeles sinnlichem *Hello,* ehe sie sich ihrer Handarbeit widmete.

Niemand, der schon mit ihr zu tun hatte, käme wohl auf die Idee, dass Stricken eine ihrer Leidenschaften war und dass sie diese Tätigkeit nahezu täglich brauchte, um die Aufregung, die ihr Job gelegentlich mit sich brachte, zu vergessen.

Die vielen Meinungen, die über sie kursierten, amüsierten sie. Lässig schlug sie ihre Beine übereinander und wackelte mit den Füßen, die in überdimensionalen Tigerpfotenlatschen steckten, zum Takt der Musik.

Ja. Tigerpfotenlatschen. Flauschig, aber mit großen, glänzend polierten Krallen, die auf dem Holzboden leise klackende Geräusche verursachten.

Ein kleiner Wink auf die Tatsache, dass ihr eigentliches Leben nicht viel mit dieser kuscheligen Privatsphäre zu tun hatte. Da draußen war sie Valentina Montero, gefragte Privatdetektivin; den Ganoven oft einen intelligenten Schritt voraus. Sie liebte das Abenteuer, die Aufregung ... die

Gefahren, die dieser Job hin und wieder mit sich brachte. Aber wenn sie nach Abschluss ihrer Arbeit nach Hause in ihr geschmackvoll eingerichtetes Apartment kam, die Tür hinter sich schloss, verwandelte sie sich in eine Frau, die in Ruhe ihren Feierabend genoss.

Eine Gesichtsmaske wäre das i-Tüpfelchen für den gemütlichen Abend gewesen, dachte sie bedauernd. Leider hatte sie vergessen, eine frische Salatgurke zu kaufen. Und ohne Gurkenscheibe auf den Augen taugte die beste Gesichtsmaske nichts. Nun gut, der nächste gemütliche Abend kam garantiert. Dann wäre sie vorbereitet.

Der entspannte Abend nahm eine unverhoffte Wendung, mit der sie nicht gerechnet hatte.

Der melodische Klingelton an ihrer Eingangstür ließ sie aufhorchen.

Was zum Kuckuck? Gerade habe ich es mir gemütlich gemacht. F.R.E.I. Ich habe frei. Feierabend, dachte sie verärgert.

Es läutete erneut.

Ohne über ihre ungewöhnliche Aufmachung nachzudenken, ging sie missmutig zur Tür; bereit für eine achtbare Antwort auf diese Störung.

Sie öffnete und zuckte zusammen. Ihre Augen weiteten sich.

»Sie?«

»Ähm …« Gregor blieb die Spucke weg. Damit hatte er nicht gerechnet.

»Was? … Noch nie jemanden in Freizeitklamotten gesehen?«

Sie klang selbstbewusst. Doch sie war weit entfernt von selbstbewusst. Dass jemand sie in diesem Aufzug zu Gesicht bekommt, stand nicht auf ihrer Agenda. Und was hieß hier *jemand*? *Er* sollte sie so nicht zu Gesicht bekommen.

Warum stört mich das dermaßen? Darüber muss ich dringend nachdenken.

»Ziehen Sie Ihre Krallen wieder ein … Oder sind die Dinger etwa mehr Schein als Sein?« Er deutete auf die überdimensionalen Tigerpfotenlatschen und grinste ein verdammt verführerisches Grinsen.

»Finden Sie's raus.«

Sie hatte sich wieder im Griff. »Also, was gibt's? Ich hasse es, wenn meine Feierabendruhe wegen Nichtigkeiten gestört wird.«

»Sorry. Darüber habe ich nicht groß nachgedacht.«

»Woher wissen Sie überhaupt, wo ich wohne?«

»Mein alter Herr …«

»Donnerwetter. Der überaus korrekte Herr Anwalt verletzt also mir nichts dir nichts meine Persönlichkeitsrechte.«

»Rüsten Sie mal ab, Frau Montero.«

»Also … Was?«, wiederholte sie ihre provokante Frage vom Beginn ihres kleinen Scharmützels.

»Heute kam der Abschlussbericht aus Konstanz. Aber offenbar störe ich gerade. Wenn ich's genau überlege, hat es auch Zeit, bis Sie sich wieder in *die* Valentina Montero zurückverwandelt haben, die ich bis vor wenigen Minuten zu kennen glaubte. Schönen Abend noch.«

Er machte auf dem Absatz kehrt und ließ sie stehen.

Welche Überwindung ihn das kostete, würde sein Geheimnis bleiben. Aber er wollte einmal das letzte Wort haben. Einmal nicht wie ein Trottel vor ihr stehen.

Doch bei aller Genugtuung wurde ihm schnell bewusst, die Macht über seine Gedanken hatte sie auch diesmal wieder erlangt. Ihr Anblick, und damit meinte er nicht unbedingt diese aberwitzigen Hausschuhe, sondern eher die reizvolle nackte Schulter, die sie ihm gezeigt hatte, beschäftigte ihn für den Rest des Abends und darüber hinaus.

Mit der Ruhe war es vorbei. Sie konnte sich auf nichts mehr konzentrieren; schon gar nicht auf ihr kompliziertes Strickmuster. Zu sehr war sie über Gregors Abgang konsterniert.

Lässt der Kerl mich einfach stehen.

Wütend griff sie nach ihren Tigerpfotenlatschen, zog sie von den Füßen und schleuderte sie quer durchs Zimmer.

Dem Himmel sei Dank, dass ich mir heute Abend nicht noch eine Gesichtsmaske verpasst habe.

Doch diese Überlegung tröstete sie kaum.

Was, zum Teufel, macht mich bloß dermaßen wütend? Normalerweise genoss sie die kleinen Wortgefechte mit ihm. Normalerweise trat sie ihm aber in perfektem Outfit gegenüber; fühlte sich stark und unverwundbar. Aber heute Abend ... Sie war sich so entblößt vorgekommen.

Nicht immer nur die Schokoladenseite zu präsentieren, zeugt von Vertrautheit, Intimität. Denk mal darüber nach.

Warum brachte sie ausgerechnet Gregor Berg mit diesen Begriffen in Verbindung?

Genug Fragen gestellt, Valentina. Antworten findest du heute sowieso keine mehr.

Und schon sah sie wieder sein erstauntes Gesicht vor sich, als er sie in diesem ungewöhnlichen Aufzug erblickt hat.

Und sie schwor sich, niemals wieder die Tür zu öffnen, wenn sie es sich bequem gemacht hatte. Niemals wieder!

Kapitel 15

Valentina musste auf irgendeine Art und Weise ihren Frust loswerden. Die permanente Unzufriedenheit nagte an ihrem Nervenkostüm.

Selten war sie bei einem ihrer zahlreichen Aufträge immer wieder auf Hindernisse gestoßen, die ihr unüberwindlich vorkamen. Dabei lag die Sache doch eigentlich klar auf der Hand. Eigentlich. Wenn nur diese verdammten Zweifel nicht wären, die ihr jeden Plan unsinnig erscheinen ließen. Und nur wenige Dinge waren ihr mehr zuwider als unsinnige Arbeit, die erwartbar zu keinem Ergebnis führte.

Zum Glück war Dietrich Berg sehr geduldig. Doch diese Tatsache ließ sie nicht gelten. Etliche Leute bangten um ihre Existenz und die konnten nur ein wenig Hoffnung schöpfen, wenn Dietrich Berg ihnen Erkenntnisse mitteilen konnte, die dazu taugten, Hoffnung zu haben.

Ohne ihre Hilfe war er aber dazu – noch – nicht in der Lage. Sie musste endlich den richtigen roten Faden in diesem Spiel zu fassen kriegen.

Stress ist der Tod jeder Kreativität, ging ihr durch den Kopf. Und sie brauchte unbedingt ein paar kreative Ideen.

Zuerst sollte sie sich endlich Einblick in die Ermittlungsunterlagen der Polizei Konstanz verschaffen. Die Übergabe war vor einigen Tagen gewaltig in die Hose gegangen.

Und zweifellos war sie daran nicht ganz unbeteiligt, gestand sie sich ein.

Wohin also mit dem Frust? Ein Lächeln huschte über ihr Gesicht.

Einfach tun, was immer hilft, dachte sie und schlüpfte in ihre Laufschuhe.

In den letzten Tagen schöpfte der Sommer aus dem Vollen. Von morgens bis abends nichts als Sonnenschein und strahlend blauer Himmel. Doch bei genauem Hinsehen, konnte man erkennen, dass dieses Prachtwetter mittlerweile auch viele unschöne Spuren hinterließ.

Die Grasflächen zeigten hässliche braune Flecken und von den Bäumen segelten erste Blätter sachte zu Boden. Die Natur hatte unverkennbar Durst.

Valentina legte ein strammes Tempo vor. Noch immer war ihr Kopf voller Gedanken; von Abschalten war sie weit entfernt.

Und wenn sie ehrlich war, drehten sich diese Gedanken nicht ausschließlich um ihre vertrackte Arbeit. Für ihren Geschmack zu oft, schob sich das Bild eines Mannes in den Vordergrund, der ihr zunehmend Kopfzerbrechen bereitete.

Selten ist es ihr bei einem Menschen so schwergefallen, hinter die Fassade zu schauen, wie bei Gregor Berg. Das verunsicherte sie.

Sie lief mit federnden Schritten an dem kleinen Bachlauf entlang, scheuchte etliche Tiere auf. Enten, die schnatternd auf dem Wasser dümpelten und eine Schar Sperlinge, die in der seichten Zone ein Bad nahmen, ein Eichhörnchen, das eilig im Dickicht des Baumes verschwand.

Dann stockte sie verblüfft. Etliche Meter vor ihr lief ein Mann mit gleichmäßigen Schritten den schmalen Weg entlang, den sie hier nicht vermutet hätte: Gregor Berg.

Ihre Neugierde war geweckt. Sie drosselte das Tempo, hielt Abstand zu ihm.

Jetzt werde ich mit ein wenig Glück erfahren, wo er lebt. Dann könnte ich mich für seinen Überraschungsbesuch revanchieren, ging ihr durch den Kopf und ihre gute Laune klopfte endlich wieder bei ihr an.

Gregor war warm und sein Puls war ungewöhnlich hoch. Er hatte schon angenehmere Läufe absolviert.

Bei der Hitze sollte man nicht durch die Gegend rennen, dachte er bei sich und strebte dem Ausgang des Parks zu.

Unterwegs malte er sich aus, wie er den restlichen Abend verbringen würde. Duschen, ein kühles Bier und dann …

Ja, was dann, fragte er sich und ärgerte sich über die unschöne Wahrheit, die in der Antwort lag. Er würde – wie so oft – selbst für Unterhaltung sorgen müssen.

Vielleicht hat Andreas ja Recht und ich sollte endlich meine hohen Mauern ein Stück weit niederreißen. Alleinsein ist auf Dauer kein gutes Lebensmotto, ging ihm durch den Kopf.

Er war erleichtert, dass er den Rest seiner Strecke im Schatten der Häuser bis zu seiner Eingangstür laufen konnte.

Doch die Erschöpfung, die er spürte, hatte nicht nur mit dem Lauf zu tun.

Auf halber Strecke überkam Valentina ein schlechtes Gewissen. Sie selbst lebte zurückgezogen, sorgte stets dafür, dass niemand den sie kannte, ihre Wege kreuzte. Dieses Recht sollte sie Gregor Berg auch zugestehen.

Sie machte auf der Stelle kehrt, froh darüber, dass er sie nicht bemerkt hat.

Morgen würde sie zu seiner Dienststelle gehen und nach den Unterlagen fragen.

Das war der korrekte Weg und bot kaum Anlass zu Unmut.

****

Sie hatte eine denkbar schlechte Nacht hinter sich. Sie schob es auf den Stillstand ihrer Ermittlungen, die Hitze, die auch in der Nacht kaum nachließ. Über den wahren Grund wollte sie nicht weiter nachdenken.

Sie nahm sich viel Zeit für ihr Äußeres. Vielleicht gelang es ihr so, das Bild, das Gregor Berg seit einigen Tagen von ihr im Kopf haben musste, zu löschen.

Es gibt einfach zu viele Autos, ging ihr durch den Kopf, als sie das Karree erneut umfuhr, um einen Parkplatz zu finden.

Nach einer gefühlten Ewigkeit erspähte sie endlich in der Nähe von Gregor Bergs Dienststelle eine Parklücke. Gekonnt manövrierte sie ihr Auto hinein und atmete noch einmal tief durch.

Wie wird er darauf reagieren, wenn ich trotz seiner deutlichen Ansage erneut bei ihm auftauche?

Sie stieg aus, verriegelte ihr Auto und machte sich auf den Weg. Auf den wenigen Metern zum Eingangsportal gingen ihr viele Gedanken durch den Kopf. Sie legte sich Worte zurecht und verwarf sie wieder.

Valentina, du hast eindeutig nicht mehr alle Sinne beisammen, schimpfte sie sich. *Er wird dich schon nicht …*

»Was machen Sie hier?« Gregor Berg stand unvermittelt vor ihr und schaute sie argwöhnisch an.

Der Schreck über das unverhoffte Aufeinandertreffen machte sie für einen Moment sprachlos.

»Ich wollte den Bericht …« Verunsichert machte sie einen Schritt auf ihn zu. Davon überrascht, vergaß er zurückzuweichen.

So nah waren sie sich noch nicht gekommen. Es war erregend und bedrohlich zugleich … für ihn.

Ihr betörender Duft, ihr anziehender Körper, ihre vollen, roten Lippen … ihre Augen … All das war dazu geeignet, ihm die Sinne zu vernebeln.

Ein Griff und sie läge in meinen Armen, ging ihm durch den Kopf. *Trau dich. So eine Gelegenheit …*

»Gregor«, hörte er sie flüstern und kam zu sich. »Wir lassen das. Es führt zu nichts.« Er schob sie unsanft von sich weg.

»Warum sind Sie so wütend auf …«

»Meine Sache«, antwortete er mit versteinertem Gesicht. »Den Bericht lasse ich meinem Vater zukommen. Welche Schlüsse Sie beide daraus ziehen, geht mich nichts an.«

Gregor drehte sich um und verschwand hinter der Eingangstür, wo er noch einen Augenblick reglos stehen blieb.

Ich sollte einfach gelassener auf diese Frau reagieren, ging ihm durch den Kopf.

Fakt war aber, dass er seit dem ersten Treffen in der Kanzlei seines Vaters ein bisher nicht gekanntes brennendes Verlangen verspürte und es ihm einfach nicht gelingen wollte, es beiseitezuschieben. Und je klarer ihm das wurde, desto schroffer reagierte er auf sie.

Valentina war sichtlich betroffen von Gregors Verhalten ... und von seinen Worten. Sie bereute, dass sie hergekommen war und nicht Dietrich Berg gebeten hatte, sich den Bericht von seinem Sohn zu besorgen.

Wer hat ihm so wehgetan, fragte sie sich, als sie sich schweren Herzens auf den Rückweg machte.

Dietrich Berg sah sie gespannt an. »Warum haben Sie den Bericht nicht bei meinem Sohn ...«

»Wir lassen das. Es führt zu nichts«, wiederholte sie Gregors Worte vom Vortag. Und in dem Moment, als sie sie aussprach, spürte sie die Härte jeder einzelnen Silbe.

Dietrich Berg blieben die Worte regelrecht im Hals stecken. *Was hatte er angerichtet?*

»Valentina, es tut mir leid. Ich wollte nicht … Mein Sohn kann sehr … nun ja … schroff sein, um es diplomatisch auszudrücken.«

»Sie müssen mir nichts erklären, Herr Berg. Ich bin hart im Nehmen.«

»Doch, ich bin Ihnen eine Erklärung schuldig. Bitte.«

Sie hatte Mitleid mit ihm; das schlechte Gewissen stand ihm regelrecht ins Gesicht geschrieben. »Sie müssen …«

»Gregor wurde vor ein paar Jahren bitter enttäuscht … von einer Frau … Deborah. Sein Misstrauen …«

»Ich habe mir schon so etwas gedacht. Seien Sie unbesorgt. Ich nehme das nicht persönlich.« Sie wollte diese Unterhaltung nicht führen. »Gibt der Bericht neue Erkenntnisse her«, lenkte sie vom Thema ab.

»Leider wird er Ihre Zweifel nicht beseitigen können. Alle gehen von einem tragischen Unglück aus.«

»Ich werde mich um den Alltag von Frau Ziegler kümmern. Vielleicht kann *sie* meine Zweifel beseitigen.«

Berg nickte. »Ich bin – trotz der Datenlage – der eindeutigen Meinung, dass Ziegler sich aus dem Staub gemacht hat.«

Valentina sah ihn nachdenklich an. »Gut. Wir konzentrieren uns ab sofort wieder auf diese These. Dieses Herumlavieren ist kontraproduktiv und nervig. Wir werden sehen, wohin uns das führt?«

In Gedanken versunken, machte sich Valentina auf den Heimweg. Sie wollte dieses seltsame, unerwartete Gefühl, das ihr dann und wann die Brust einschnürte und ihr Befinden beeinträchtigte, endlich wieder loswerden.

Sie wollte endlich wieder professionell und mit kühlem Kopf ihrer Arbeit nachgehen.

Es würde ihr gelingen. Schließlich war sie in vielen Dingen eine Meisterin der Täuschung.

Kapitel 16

Ende August legte der Sommer einen fulminanten Endspurt hin.

Noch immer war es sehr warm und auch die Nächte brachten kaum Abkühlung.

Was anfangs pure Lebensfreude ausgelöst hatte, wurde vielen Menschen inzwischen zur Last. Im Park waren tagsüber kaum noch Leute unterwegs; erst am Abend füllten sich Parkbänke, Freisitze von Restaurants, Cafés und Eisdielen.

Nächste Woche gingen die Schulferien zu Ende, dann würde sich auch das Schwimmbad deutlich leeren.

Für gewöhnlich war Valentina in den frühen Morgenstunden zu ihrem Erkundungsgang zum Ziegler-Haus unterwegs. Zu der Zeit war es noch nicht so warm und weniger Menschen kreuzten ihren Weg.

Mehrmals die Woche schlenderte sie die ruhige Straße entlang. Stets sah das Haus verlassen aus; fast alle Rollläden waren geschlossen.

Wenn es ihr nicht hin und wieder gelingen würde, einen Blick auf Doro Ziegler zu erhaschen, könnte man vermuten, auch sie hätte sich davongemacht. Aber Valentina war aufmerksamer als andere Leute und so sah sie unverkennbare Anzeichen, dass das Haus bewohnt war.

Hin und wieder ragte aus dem Briefkastenschlitz der eine oder andere Briefumschlag hervor, den sie dann sachte hervorholte, um den Absender zu studierten. Amtliche Schreiben, Werbesendungen; nichts, was für sie von Interesse war und nichts, was auf eine Botschaft Gernot Zieglers hindeutete.

Was erwartest du? Heutzutage schickt man sich Mails oder benutzt einen Messanger, versuchte sie ihre Enttäuschung klein zu halten.

Von Dietrich Berg wusste sie, dass es inzwischen auch bei der Staatsanwaltschaft Leute gab, die eine Flucht Zieglers in Erwägung zogen. Vorsorglich wurde ein Haftbefehl ausgestellt.

Doro Zieglers Verhalten stellte sie vor Rätsel. Müsste eine Frau, deren Mann bei einem Unglück ums Leben gekommen ist, nicht darauf bestehen, dass weiter nach der Leiche ihres Mannes gesucht wurde? Doch sie verhielt sich auffallend passiv.

Oder weiß sie – entgegen ihren Beteuerungen – dass ihr Mann noch lebt, ging Valentina durch den Kopf.

Heute war sie spät dran. Manche Dinge waren eben nicht immer planbar. Zuerst hatte sie Mühe aufzuwachen, dann fand sie etliche Nachrichten auf ihrem Smartphone vor, die sie umgehend beantworten musste, wollte sie nicht unangenehme, neugierige Fragen aus ihrer alten Heimat riskieren.

Als sie schließlich in der Nähe des Ziegler-Hauses aus dem Auto stieg, ging ihr Blick sorgenvoll zum Himmel. Ohne Zweifel, da braute sich ein Gewitter zusammen.

Wenn wunderte es, bei diesen Temperaturen?

Nach kurzem Überlegen, ob sie auf ihr Vorhaben verzichten solle, machte sie sich dennoch auf den Weg.

Vielleicht habe ich Glück und es kommt nicht so schlimm, machte sie sich Mut, ging los und stand bald vor ihrem Ziel.

Das Gewittergrollen war nun deutlich zu hören, heftige Böen fegten durch die Straße, wirbelten Staub auf und dann fielen wie aus dem Nichts dicke Regentropfen auf die noch immer erhitzte Umgebung. Die Erde schien zu dampfen.

Das hat mir gerade noch gefehlt. Bis zu meinem Auto, bin ich nass bis auf die Haut.

»Hallo, Sie …«

Valentina drehte sich erstaunt um. Doro Ziegler stand hinter ihr.

»Gewitter sind mir nicht geheuer. Sie können sich gern bei mir unterstellen, bis es vorbei ist«, bot sie Valentina an.

»Das ist wirklich sehr freundlich von Ihnen, Frau …« Sie sah Doro Ziegler fragend an.

»… Ziegler. Ich wohne hier.« Sie deutete auf das Haus. »Kommen Sie, beeilen wir uns, ehe wir beide durchnässt werden.«

Von einer solchen Gelegenheit hätte Valentina nicht zu träumen gewagt. Ohne Zweifel hatte Doro Ziegler keine Ahnung, wem sie da Zugang zu ihrem Haus gewährte. Offenbar erinnerte sie nichts an die Automonteurin, die vor nicht allzu langer Zeit Zugang zu ihrem Wagen gewünscht hatte.

Doro Ziegler öffnete die Haustür und bat Valentina, einzutreten.

Im Haus war es düster und kühl. Valentina fröstelte.

»Ich brühe uns einen Kaffee … oder möchten Sie lieber einen Tee?«

»Kaffee wäre nett. Für härtere Sachen ist es definitiv noch zu früh.« Valentina schmunzelte.

»Manchmal kann man darauf keine Rücksicht nehmen«, sagte Doro Ziegler und schaltete den Kaffeeautomaten ein.

»Oh ja. Das kenne ich.«

Auf dem Sideboard im Esszimmer stand in einem schwarzen Rahmen die Fotografie eines Mannes. Davor flackerte ein Kerzenlicht.

Valentina erkannte Gernot Ziegler. Sie sah Doro Ziegler betroffen an. »Haben Sie einen Verlust erlitten?«

»Mein Mann ...«

»Oh, das tut mir sehr leid. Was ist passiert?«

Das Röhren des Mahlwerks und das anschließende Zischen des Kaffeeautomaten machte eine Antwort gerade unmöglich.

Valentina wartete geduldig.

»Setzen Sie sich doch bitte. Zucker?«

»Nein, danke. Schwarz wie die Nacht ... so mag ich ihn am liebsten.«

»Ich konnte es mir noch nicht abgewöhnen«, sagte Doro Ziegler, nahm einen gehäuften Löffel Zucker und rührte ihren Kaffee um.

»Darf ich Sie nochmals fragen, was mit Ihrem Mann passiert ist?«

»Das ist eine traurige Geschichte. Wir waren im Frühsommer am Bodensee. Gernot, so heißt mein Mann, liebte es, mit seinem Boot über den See zu fahren.« Sie machte eine Pause.

Valentina sah Doro Ziegler an, wie schwer es für sie war, darüber zu reden.

»Es gab ein schlimmes Unwetter. Sein Boot kenterte ... Ihn haben sie bis heute nicht gefunden.«

»Das ist wirklich eine tragische Geschichte.«

»Ich hoffe so sehr, dass sie ihn noch finden werden. Dann hätte die Ungewissheit ein Ende.«

»Es muss schrecklich sein, nicht zu wissen ...« Valentinas Anteilnahme kam von Herzen. Sie wusste noch aus ihrer Kindheit und auch aus späteren Erfahrungen, wie sich Ungewissheit und vergebliche Hoffnung anfühlen.

Während der Regen nachließ und die Gewitterwolken weiterzogen, saßen die beiden Frauen schweigend beisammen und nippten hin und wieder an ihrem Kaffee.

Valentinas Anstand verbat ihr, noch weitere Fragen zu stellen. Doro Ziegler litt. Das war unverkennbar.

»Ich glaube, das Schlimmste ist vorbei und ich kann mich jetzt wieder nach draußen wagen«, unterbrach sie die Stille. »Danke, dass Sie mich aufgenommen haben. Mir sind Gewitter nämlich auch nicht geheuer.«

Sie stand auf und reichte Doro Ziegler die Hand. »Ich wünsche Ihnen von Herzen, dass es bald Gewissheit für Sie gibt. Auf Wiedersehen.«

Doro Ziegler sah ihrem Überraschungsgast nach. Es war das erste Mal seit Langem, dass sie Gelegenheit zu einem Gespräch gehabt hatte.

Sie drehte sich um und ging zurück in ihr Haus, das ihr an manchen Tagen wie ein Gefängnis vorkam.

Unterwegs zu ihrem Auto wurde Valentina bewusst, dass sie in den kommenden Tagen in einer anderen Aufmachung hier entlang gehen musste.

Und sie musste vermeiden, Doro Ziegler nahe zu kommen. Sie konnte zwar ihr Äußeres gekonnt verändern, aber dauerhaft eine andere Stimmlage zu verwenden, fiel ihr schwer.

Noch vom Auto aus rief sie Dietrich Berg an.

»Hallo, Herr Berg, Sie werden nicht erraten, wo ich eben gerade war.«

»Sie haben das Gewitter hoffentlich nicht unter einem Baum abgepasst«, scherzte er.

»Doro Ziegler hat mich in ihr Haus gebeten.«

»Frau Ziegler?« Er klang überrascht. »Wie haben Sie das angestellt?«

»Ich stand vor ihrem Haus, als der Regen losging. Sie hat mich ins Haus gebeten.«

»Tatsächlich? Zufälle gibt's. Und ... neue Erkenntnisse gewonnen?«

»Sie ist erschüttert und einsam. Ich bin fest davon überzeugt, dass sie tatsächlich von einem Unglück ausgeht. Sie hofft, dass man ihren Mann doch noch findet, damit sie ihn beerdigen kann.«

»Und Sie nehmen ihr das ab?«

»Ja, das tue ich. Ich hatte großes Mitleid mit ihr.«

»Das ehrt Sie, Valentina.«

»In den nächsten Tagen muss ich einfach vorsichtiger vorgehen. Sie sollte mich auf keinen Fall erkennen. Das würde meine weitere Arbeit enorm erschweren.«

»Das kriegen Sie hin.« Dietrich Berg lachte leise. »Und halten Sie mich bitte auf dem Laufenden.«

***

Seit dem unverhofften Aufeinandertreffen mit Valentina, hier vor seiner Dienststelle, war Gregor schlecht gelaunt. Seine Kollegen konnten einem leid tun. Nichts konnten sie ihm rechtmachen, ständig nörgelte er grundlos herum.

»Was ist denn mit dir los? Das ist ja kaum zum Aushalten. So kennen wir dich gar nicht«, waren noch die nettesten Reaktionen.

Er entschuldigte sich und machte am nächsten Tag genauso weiter.

Es wurde still um ihn. Niemand wollte sich den Tag verderben lassen.

Abends saß er dann mit schlechtem Gewissen in seiner Wohnung und gelobte Besserung.

Ein Telefonat mit seinem Bruder Jonas half ihm, aus dieser Dauerschleife aus Frust und schlechter Laune herauszukommen. Er freute sich aufrichtig, Jonas' Stimme zu hören und begriff bald, dass es noch andere Leute gab, die sich mit unerfreulichen Problemen auseinanderzusetzen hatten. Balsam für den Moment.

»Hey, Großer, lange nichts von dir gehört. Wie geht's, wie steht's?«

»Mir geht's prima ... bis auf eine brisante Kleinigkeit.« Jonas lachte und es klang seltsam gepresst.

»Mann, Mann, du hast es ihnen immer noch nicht gesagt.«

»Nee. Ich weiß doch genau, wie's ablaufen wird. Mutter bricht in Tränen aus, Vater wiegt sorgenvoll sein weises Haupt. Das ist einfach too much für mich.«

»Du bist nicht der Einzige, der mit der Inquisition unserer Mutter konfrontiert wird.«

»Sag bloß? Immer noch große Trauer um die wundervolle Ex-Schwiegertochter?«

»So ungefähr.«

»Beileid.«

»Geschenkt. Hättest du dich beim letzten Essen nicht gedrückt, wäre ich vermutlich bessergelaunt nach Hause gefahren.«

»Tut mir leid. Wir hatten einen wichtigen Termin. Den konnte ich beim besten Willen nicht verschieben.«

»Schwamm drüber. Hab's überlebt, wie du hörst.«

»Was macht die Liebe?«

»Diese Frage hättest du dir jetzt verkneifen können. Was soll schon damit sein …«

»Mensch, Gregor, du bist der Traum so vieler Mädels. Früher hast du mir immer die Freundinnen ausgespannt. Und jetzt …«

»Gibt es keine Freundinnen mehr zum Ausspannen«, ergänzte Gregor den Satz.

»Richtig. Und deshalb musst du dich jetzt um was Eigenes kümmern.«

»Das sieht unser alter Herr inzwischen offenbar auch so.«

»Sag bloß. Hat Mutter ihn auf ihre Seite gezogen. Erzähl mal …«

»Da gibt's nichts zu erzählen.«

»Los, raus mit der Sprache. Ich bin dein Bruder. Vergessen?«

»Zurzeit arbeitet eine Detektivin für ihn. Er hat eindeutig einen Narren an ihr gefressen und fantasiert sich da offenbar was zusammen. Jedenfalls hat er schon mehrmals dafür gesorgt, dass wir uns über den Weg laufen.«

Jonas lachte schallend. »Wer hätte das gedacht. Unser Vater. Immer eine sanfte Rüge für Mutter parat und dann ... Und wie ist sie so?«

»Wer?«, fragte Gregor treudoof und sah prompt Valentina vor sich.

»Na, wer wohl. Diese Detektivin natürlich.«

»Sie ist die aufregendste Frau, die mir je über den Weg gelaufen ist.«

Jonas schwieg einen Moment. »Und wo ist das Problem?«

»Solche Frauen hast du nie für dich allein. Das ist das Problem.«

»Wirst du das Trauma noch mal los?«

»Keine Ahnung. Und, wann rückst du mit den Neuigkeiten heraus?«

»Ich passe den richtigen Moment ab. Wann oder ob der überhaupt kommt ... Keine Ahnung.«

»Wir sind schon zwei großartige Typen.«

»Kannste laut sagen.«

»Hauptsache es passt für dich. Der Rest gibt sich. Mutter wird sich schon wieder einkriegen.«

»Lass uns mal treffen. Ich muss jetzt los. Hab noch einen Termin.«

»Treffen klingt gut. Schick einfach ein paar Termine. Richte mich dann danach. See you.«

Nach dem Telefonat überlegte Gregor, wie er seinem Bruder helfen könnte. Dann kam er zu dem Schluss, dass der das allein regeln musste. Schließlich verbat er selbst sich auch jegliche Einmischung.

Am nächsten Morgen spendierte er seinen Kollegen ein Frühstück und gelobte Besserung.
»Halleluja. Dein Wort in Gottes Ohr.«
Gregor gab sich große Mühe, sein Versprechen einzuhalten.

***

Die Tage zogen sich dahin wie ein träger Strom. Menschen und Natur hatten genug von der Hitze. Alle hofften auf Veränderung.
Als schließlich nachts ein mächtiges Gewitter alle in Atem hielt, schien es, als würden die unberechenbaren Naturgewalten die Bühne bereiten für die Ereignisse, die bevorstanden.

Kapitel 17

Was sich seit Tagen in der ansonsten ruhigen Straße abspielte, hatten die Bewohner sich in ihren kühnsten Träumen nicht vorstellen können.

Tag für Tag pilgerten Journalisten, wütende Opfer und andere Neugierige vor Zieglers Haus.

Der massive eiserne Gartenzaun war behängt mit Protestplakaten, auf denen Gernot Ziegler auf das Übelste beschimpft wurde. Das Garagentor war noch immer gezeichnet von dem gezielten Wurf eines Farbbeutels.

Die Presse berichtete genüsslich auf allen digitalen Kanälen und Zeitungen von den Vorkommnissen. Besonders viel Applaus gab es, wenn es gelang, ein Bild von Doro Ziegler zu erhaschen. Für die meisten Leute war sie mitschuldig. Beweise für diese Thesen wurden nicht geliefert. Wie bei so vielen anderen Vorkommnissen genügte die vage Vermutung.

Die Frau kann einem leid tun, ging so manchem neutralen Beobachter durch den Kopf. Doch das half Doro Ziegler wenig. Sie war inzwischen ein einziges Nervenbündel.

Brenzlig wurde die Angelegenheit für sie, als es abends an ihrer Tür läutete und sie, trotz ihres mulmigen Bauchgefühls, öffnete.

Zwei Männer, schwarze Skimasken über ihre Köpfe gezogen, drängten ins Haus.

Doro schrie gellend auf, doch schon drückte ihr einer der Männer seine Hand brutal auf den Mund.

»Ruhe und hinsetzen«, befahl er mit eindeutig französischem Akzent.

Doro Ziegler gehorchte, bebend vor Angst. »Wo ist das Geld?«

Sie sah ihn mit vor Schreck geweiteten Augen an. »Welches Geld?«, flüsterte sie kaum hörbar.

»Nimm dich in Acht, Salope.« Er hob drohend die Faust.

Doro duckte sich weg. Der Hieb blieb aus. »Allez, allez, wo ist es?«

Sie wurde von einem Weinkrampf geschüttelt. Woher kamen diese brutalen Kerle? Wer hatte sie geschickt?

Jemand klopfte heftig an die Haustür, drückte ohne Unterlass auf den Klingelknopf.

»Merde! Du hast Zeit bis morgen. Und wir raten dir, die Klappe zu halten, sonst ...« Er deutete mit der Hand eine Pistole an.

Die Männer liefen zur großen Terrassentür, öffneten sie und waren kurz darauf in der Dunkelheit verschwunden.

Valentina duckte sich hinter der Gartenmauer. Nicht weit entfernt schlugen Autotüren zu, ein Motor wurde gestartet und ein Auto fuhr mit dunklen Scheinwerfern und überhöhter Geschwindigkeit davon.

Das war knapp. Fast hätte ich die Kerle übersehen. Valentina atmete tief durch.

Sie lugte über den Mauerrand. Doro Ziegler stand in der offenen Haustür und sah sich suchend um. Dann hörte Valentina die Tür ins Schloss fallen.

Kurz darauf wurden im Haus alle Lichter gelöscht.

Endlich wagte sie sich aus der Deckung und schlich zurück zu ihrem Auto, wo sie die restliche Nacht verbrachte.

Das war eine seltsame und beunruhigende Situation, die böse hätte enden können.

Obwohl sie ihre Augen nur noch mit Mühe offenhalten konnte, gönnte sie sich keine Minute Schlaf. Stattdessen beobachtete sie Haus und Straße aufmerksam.

Was waren das für Männer und was wollten sie von Doro Ziegler?

Der Vorfall ging ihr nicht mehr aus dem Kopf.

***

Tage später riss tief in der Nacht ein ohrenbetäubender Knall und das Bersten von Glasscheiben die Bewohner des beschaulichen Villenviertels aus dem Schlaf.

Lichter gingen an, Hunde bellten, Menschen liefen auf die Straße. Mehrfach wurde die Notrufnummer gewählt.

»Was war das?«, fragten sich die Leute erschrocken.

»Das kam vom Ziegler-Haus«, war eine aufgeregte Frauenstimme zu hören.

»Kriegt er endlich, was er verdient, dieser Halunke«, war ein Mann zu vernehmen.

»Wir müssen uns um Doro kümmern«, rief jemand. »Die arme Frau!«

Die Antwort ging im Lärm der anrückenden Feuerwehr, Polizei und Rettungsdienst unter.

Doro Ziegler saß zitternd auf dem Fußboden, eingezwängt zwischen Couch und Bücherregal.

Der ohrenbetäubende Knall hatte sie aus einem unruhigen Schlaf voller schreckhafter Bilder geweckt.

Sind die Banditen zurückgekommen? Die Vorstellung, den beiden angsteinflößenden Männern erneut ausgeliefert zu sein, schnürte ihr die Luft ab. Sie befürchtete das Schlimmste für sich.

»Frau Ziegler. Hallo, Frau Ziegler, hören Sie mich?«

Jemand rief laut nach ihr und endlich wagte sie sich aus ihrem Versteck. Verunsichert und misstrauisch ging sie hinüber zur geborstenen Terrassentür.

Ein Polizist stand dort. Offensichtlich hatte er nach ihr gerufen.

»Vorsicht! Hier ist alles voller Glassplitter. Sind Sie okay?«

Doro Ziegler nickte.

»Anscheinend ist die Gasflasche in Ihrem Grill explodiert. Haben Sie eine Erklärung dafür?«

Sie schüttelte den Kopf. »Der wurde schon seit ewigen Zeiten nicht mehr benutzt.«

»Mmh.« Der Polizist schien zu überlegen. »Da muss wohl die KTU her.«

Valentina beobachtete das Geschehen mit Interesse. Vermutlich hatte die Explosion mit dem Auftauchen der beiden Männer zu tun.

Wollten die mit dieser Aktion Doro Ziegler unter Druck setzen? Aber warum? Woher kamen sie und woher kannten sie die Adresse?

Weder Valentina noch Doro Ziegler fanden in den nächsten Stunden Schlaf.

Während Valentina Montero über vielen offenen Fragen brütete, wurde Doro Ziegler klar, dass sie in ihrem Haus nicht mehr sicher war. Nach dieser Explosion war es eindeutig gefährlich für sie, weiterhin hier zu wohnen.

All der Hass auf Gernot wurde nun auf sie projiziert. Die Risiken waren nicht mehr kalkulierbar.

Sobald die Polizei ihre Zelte abgebrochen hätte, würde sie sich auf den Weg zum Comer See machen. Niemand würde sie dort finden, hoffte sie.

Das verstieß gegen die Auflagen des Staatsanwalts, doch das war ihr egal. Sie musste sich selbst schützen. Niemand sonst tat es.

Noch in der Nacht packte sie das Nötigste zusammen und trug das Gepäck hinunter in die Garage.

Ihr Plan war, gleich in der Früh ihr Auto zu beladen und es ein paar Querstraßen weiter zu parken, um ohne Aufmerksamkeit zu erregen, verschwinden zu können; sobald die Umstände es zuließen.

Einfach die Haustür hinter mir zu machen und gehen.

Ihre Geduld wurde schließlich belohnt. Erleichtert sah sie, wie die Männer in den weißen Schutzanzügen ihre Gerätschaft zusammenräumten. Offensichtlich waren sie mit ihren Untersuchungen fertig.

Traurig und schweren Herzens ging sie durch das Haus, in dem sie sich bisher wohl gefühlt hatte.

Doch seit Gernots Verschwinden und all den beängstigenden Dinge, die passiert waren, musste sie einen kühlen Kopf bewahren und vorerst Abschied von ihrem Zuhause nehmen.

Vielleicht kann ich bald wieder zurückkommen, ging ihr durch den Kopf. Dieses *Vielleicht* tat ihr weh.

Unruhig, immer die Straße im Blick, wartete sie darauf, dass es dunkel wurde. Dann ging sie los.

***

Valentina war noch immer verblüfft darüber, wie unerwartet und überlegt Doro Ziegler sich aus dem Staub machte.

Gestern Abend, gerade als sie sich Gedanken über ihre nächsten Schritte machte, hatte sich das Garagentor geöffnet und Doro Ziegler war mit ihrem Auto davongefahren.

Sie war ihr gefolgt und beobachtete sie dabei, wie sie das Auto einige Querstraßen weiter abstellte.

Nachdem Doro gegangen war, hatte Valentina ein Blick in das Wageninnere gereicht, um diese seltsame Aktion zu verstehen: Das Auto war mit Koffern beladen.

Da steht ein Ortswechsel bevor, war Valentina klargeworden. Umgehend hinterließ sie auf Dietrich Bergs Mailbox eine entsprechende Nachricht.

Seine Rückmeldung war eindeutig gewesen: *Folgen, egal wohin und wie lang es dauert. Ich komme für alle Kosten auf. Viel Glück, Valentina, und gehen Sie bitte auf keinen Fall ein Risiko ein.*

Noch in der Nacht hatte sie alle Vorbereitungen für eine längere Reise getroffen und sich noch vor Sonnenaufgang auf den Weg gemacht.

Der geleaste Van würde gute Dienste leisten. Er bot genügend Platz für ihre Utensilien und konnte notfalls auch als Schlafplatz herhalten.

Noch war es ruhig auf dem Parkplatz; keine Menschenseele war zu dieser frühen Stunde unterwegs. Das kam ihr entgegen.

Sie schlich zu Doro Zieglers Wagen, befestigte über dem rechten Hinterrad einen kleinen GPS-Tracker und kontrollierte danach akribisch, ob das Gerät seinen Dienst tat.

Es wäre fatal, wenn Doro Ziegler mir entwischen würde, ging ihr durch den Kopf. *Das wird ein Geduldsspiel. Vermutlich taucht sie nicht vor Einbruch der Dunkelheit auf.*

Sie hatte Hunger und der starke Kaffee in ihrem Thermobecher war schon längst getrunken.

Sie checkte auf ihrem Smartphone, ob es in der Nähe einen Imbiss gab. Und tatsächlich, ein kleines Café um die Ecke hatte bereits geöffnet. Nichts wie hin. Und dann schnell wieder zurück.

Am späten Abend hatte die Warterei ein Ende. Endlich tauchte Doro Ziegler auf. Sich immer wieder umsehend, ging sie zu ihrem Wagen, stieg ein und fuhr kurz darauf los.

Valentina folgte ihr in gebührendem Abstand. Obwohl der GPS-Tracker funktionierte, wollte sie Doro Ziegler auf keinen Fall aus den Augen verlieren. Noch hatte sie keine Ahnung, was die Frau vorhatte, wohin die Reise ging.

Doro wurde von einer kaum zu ertragenden Übelkeit übermannt. Die Vorkommnisse der letzten Stunden, die Explosion der Gasflasche in Gernots Grill, die geborstene große Fensterfront zur Terrasse hin, die Befragung durch die Polizei. Alles ein einziger Albtraum.

Sie musste weg. Schnell weg.

Nach einigen Kilometern kam ihr mit aller Härte zu Bewusstsein, dass sie vielleicht nie mehr zurück in ihr Haus konnte.

Bei dem Gedanken daran, wurde sie von einem Weinkrampf geschüttelt. Sie hatte Mühe, die Fahrbahn zu erkennen.

»Reiß dich zusammen«, murmelte sie und wischte sich die Tränen aus dem Gesicht.

O Gott, ich könnte tot sein!

Sie verdrängte die belastenden Gedanken und fuhr auf die Autobahn.

Um diese Zeit war wenig Verkehr, stellte sie erleichtert fest. 300 Kilometer bis Basel. Dann würde sie sich Zeit zum Durchatmen nehmen. Erst mal weg aus Deutschland.

Doro Zieglers Fahrtempo war ganz und gar nicht nach Valentinas Geschmack. Sie liebte es, flott durch die Gegend zu fahren.

Doch sie wollte nachsichtig sein und Verständnis für die Frau haben. Nach allem, was die in den letzten Wochen erdulden musste, war eine gehörige Portion Mitgefühl angesagt.

Bei all ihren Begegnungen mit Doro Ziegler hatte sie eine eher ängstliche, zurückhaltende Frau erlebt. Dass die sich nun dazu durchgerungen hatte, ihr Schicksal in die Hand zu nehmen, nötigte ihr Respekt ab.

***

Gegen Mitternacht überquerte Doro Ziegler endlich die Grenze zur Schweiz.

Obwohl sie sehr müde war und ihre Augen vor Anstrengung brannten, verzichtete sie darauf, die Nacht in einem Hotel zu verbringen.

Wo sollte ich auch mitten in der Nacht ein freies Zimmer finden, ging ihr durch den Kopf und bestärkte sie darin, weiterzufahren, solange es noch zu verantworten war.

Ihr Vorsatz war, so schnell wie möglich an den Comer See zu kommen. Dort wäre sie in Sicherheit. Keine Schmierereien am Garagentor, keine Transparente am Gartenzaun, keine Befragungen durch Polizei und Staatsanwaltschaft. Einfach nur Ruhe vor all dem Terror und den Verdächtigungen.

Ein kurzer Blick auf die Tankanzeige machte ihr klar, dass es ohne einen kurzen Stopp nicht abgehen würde. Und ein Becher Kaffee könnte vielleicht neue Lebensgeister wecken.

Das hatte sie bitter nötig. Ein Wunder, dass sie es so weit gebracht hatte, obwohl sie nach der ganzen Aufregung nur wenige Stunden geschlafen hatte.

Valentina war erleichtert, als Doro Ziegler endlich einen Rastplatz ansteuerte. Sie parkte ihren Van in gebührendem Abstand zu deren Wagen.

Die Frau hat mehr Stehvermögen als ich ihr zugetraut hätte, ging ihr durch den Kopf.

Die Pause kam ihr entgegen. Ein heißer Kaffee wäre jetzt ganz nach ihrem Geschmack. Dazu einen Powerriegel gegen das flaue Gefühl im Magen.

Sie stellte den Mantelkragen hoch, setzte ihre große, schwarz umrandete Fake-Brille auf und betrat den Verkaufsraum der Tankstelle.

Doro Ziegler stand bereits vor der Kasse, um ihre Tankfüllung und ihren Becher Kaffee zu bezahlen.

Valentina musste sich beeilen, durfte den Abstand zu ihr nicht zu groß werden lassen.

Ein Griff in den Karton mit den Müsliriegeln, eine Tüte Zitronenbonbons, Kaugummi. Für einen Kaffee aus dem Automaten in der Ecke fehlte die Zeit.

Schweren Herzens entschied sie, darauf zu verzichten und griff stattdessen auf dem Weg zur Kasse nach einer Dose Cola.

Das muss reichen, um die nächsten Stunden zu überstehen.

Sie eilte zur Kasse, legte alle Dinge auf die Theke, wartete ungeduldig darauf, dass der junge Mann alle Zahlen ordentlich eintippte und sie ihm endlich ihre Kreditkarte reichen konnte. Noch den Beleg einstecken und dann nichts wie raus und die Verfolgung aufnehmen.

Der Tracker tat noch immer zuverlässig seinen Dienst und bald kamen die Rücklichter von Doros Wagen wieder in Sicht.

Gut gegangen! Valentina atmete auf.

Kilometer um Kilometer ließ Doro Ziegler hinter sich.

Nimmt das denn nie ein Ende? Ich bin so müde. Ich möchte nur noch schlafen.

Die Hinweisschilder auf Luzern nahmen ihr jegliche Illusion. Wenn sie sich recht erinnerte, war sie erst auf halber Strecke zum Ziel.

Vielleicht sollte ich mir doch ein Hotelzimmer suchen ... Ehe ich hinter dem Steuer einschlafe.

Das mehrfache Piepen ihres Smartphones ließ sie aufhorchen.

Wer schickt mir denn da Nachrichten – mitten in der Nacht?

Da sie genau wusste, dass ihre Eltern keine Smartphones besaßen und auch sonst wenig von diesem neumodischen Kram hielten, wie sie ihr immer nachdrücklich klar machten, konnte sie ihre Neugierde kaum bändigen.

Sie hielt Ausschau nach einer Haltemöglichkeit. Das würde wieder Zeit kosten, sie zwingen, noch länger durch die Nacht zu fahren, obwohl sie kaum noch die Augen offenhalten konnte.

Aber sie musste unbedingt wissen, wer ihr zu dieser Stunde Nachrichten schickte.

Endlich ein Hinweis auf eine Raststätte.

Nach wenigen Kilometern verließ sie erneut die Autobahn und wählte einen freien Parkplatz in der Nähe der Zapfsäulen. Das fahle Licht gab ihr ein wenig Sicherheit in dieser Nacht, die sie wohl so schnell nicht vergessen würde.

Angespannt griff sie zu ihrem Smartphone, entsperrte es und öffnete den Messanger. Mehrere Nachrichten, gesendet von einer anonymen Nummer, wurden ihr angezeigt.

Was sie las, verwirrte sie und machte ihr unbändige Angst.

01:13

Fahren Sie nach Zürich

01:14

Gehen Sie zu Lienhardt & Partner, Rämistraße 23

Öffnen Sie dort das Schließfach 8173

Entnehmen Sie alle Unterlagen

01:20

Fliegen Sie nach Málaga/Spanien
Swiss Air, 13:20 Uhr

01:22

Wechseln Sie die SIM-Karte
Ihres Smartphones / PIN 8173

01:25

Befolgen Sie alle Anweisungen

Bewahren Sie Stillschweigen ...

01:30

SONST SIND SIE TOT ...

Kapitel 18

Valentina konnte sich keinen Reim auf Doro Zieglers Verhalten machen.

Will sie etwa hier die Nacht verbringen? Vor einer Stunde schien sie es noch eilig zu haben.

In dem Wagen wenige Meter vor ihr, rührte sich nichts. Valentina machte sich ernsthafte Sorgen um Doro Ziegler.

Ob sie Hilfe braucht? Vielleicht sollte ich nach ihr sehen …

Kaum war dieser Gedanke zu Ende gedacht, startete Doro Ziegler ihr Auto und fuhr zu Valentinas Erleichterung zurück auf die Autobahn.

Hinüber zu Doro Ziegler zu gehen, hätte ein nicht zu kalkulierendes Risiko bedeutet. Hätte die sie erkannt, wäre es wohl das Ende ihrer Observation gewesen.

Wenige Kilometer später setzte Doro Ziegler den Blinker und fuhr Richtung Zürich.

Mmh. Zürich. Ein seltsamer Zufall, ging Valentina durch den Kopf. *Okay, bald werde ich wissen, was genau das Ziel ist.*

Die Fahrt wollte kein Ende nehmen. Übermüdet musste sie sich zwingen, nicht ihre Aufmerksamkeit zu verlieren.

Und der Frau, wenige Meter vor ihr, schien es genauso zu gehen. Doro Ziegler hatte das Tempo merklich reduziert.

Ein neuer Tag machte sich bereits auf den Weg, als am Horizont endlich die Lichter Zürichs auftauchten.

Der Himmel zeigte ein dramatisches Farbenspiel; schien nahezu in Flammen zu stehen. Valentina deutete es als Ouvertüre zu einem neuen Akt.

Doch zuerst brauchte sie dringend eine Pause und sie hoffte inständig, dass die Fahrt hier vorerst ein Ende haben würde.

Doro Ziegler steuerte einen Parkplatz in einem Gewerbegebiet am Stadtrand an.

Zürich war ihr fremd. Sie kannte die Stadt nur von Gernots Erzählungen. Aber Gernot war nicht da; sie war auf sich gestellt. Wie seit Wochen schon.

Sie brauchte erst ein wenig Orientierung, ehe sie sich in die geschäftige Innenstadt wagen konnte.

Diese mysteriösen Nachrichten, die sie in der Nacht erhalten hatte, klangen einschüchternd und bereiteten ihr Angst. Sie hatte keine Ahnung, von wem sie stammten. Aber sie war fest entschlossen, sie ernst zu nehmen und diese Bank aufzusuchen. Notfalls würde sie sich ein Taxi nehmen.

Jetzt, am frühen Morgen, lag die Gegend verlassen da, nichts regte sich.

Sie kramte in ihrer Handtasche nach etwas Essbarem. Ein Apfel, wenige Kekse … der klägliche Rest. Dankbar über diesen Fund, biss sie in den Apfel.

Sie war so müde. Ein paar Minuten Schlaf würden ihr sicher guttun. Sie ließ die Rückenlehne ihres Sitzes nach hinten klappen.

Nicht die bequemste Art, um sich zu erholen, ging ihr kurz durch den Kopf, doch schon fielen ihr die Augen zu.

Anfangs träumte sie von schönen Tagen am Comer See. Von Gernot, den sie vermisste. Dann dachte sie voller Bedauern an den Kummer, den sie ihren Eltern wohl bereitet haben musste, weil sie, ohne ein Wort zu verlieren, einfach davongefahren war. Und dann war sie bei den seltsamen Ereignissen der letzten Tage und Stunden und verspürte panische Angst. Darüber erwachte sie aus einem unruhigen Schlaf.

In den Büros brannten mittlerweile vereinzelt Lichter; vermutlich waren Putzkolonnen am Werk. Und auch der Parkplatz füllte sich nach und nach mit Fahrzeugen, Menschen, den Schlaf noch in den Augen, liefen schweigend vorbei. Niemand hatte ein Auge für sie. Alle waren in Gedanken versunken.

Doro schaltete ihr Smartphone ein, rief den Stadtplan von Zürich auf und suchte nach der Rämistraße.

Erleichtert stellte sie fest, dass sie nicht allzu weit davon entfernt war.

Das sollte ich schaffen, dachte sie und gab die Koordinaten in das Navigationssystem ein.

Beinahe hätte Valentina Doro Zieglers Abfahrt verpasst.

Die Nacht in dem Van war alles andere als bequem gewesen. Sie hatte nur wenig Schlaf gefunden und war viel zu früh wieder wach gewesen.

Während sie ihre Notizen studierte, erkannte sie, dass Doro Ziegler sich offenbar auf den Weg machte. Wohin, würde sie bald erfahren. Ihre Neugierde wuchs.

Schnell einen Blick auf die Tracking-App. Sie tat ihren Dienst, stellte Valentina erleichtert fest und folgte Doros Wagen in sicherem Abstand.

Noch immer war Valentina nicht klar, welches Ziel sie anstrebte.

Etwa eine Bank außerhalb des bekannten Viertels in der Altstadt? Das hatte ich nicht auf dem Schirm. Verdammt, dachte sie verärgert, als die Fahrt über die Quaibrücke führte.

Doro Ziegler fuhr in ein Parkhaus, wählte ein Parkdeck mit wenigen Fahrzeugen und Valentina folgte ihr.

Was hat sie vor, ging ihr durch den Kopf, als sie ihr folgte und wenig später auf dem Gehsteig stand und ihr nachsah.

Doro Ziegler ging, gefolgt von Valentina, die Straße entlang. Nach wenigen Metern bogen sie in die Rämistraße ein und dann wurde Valentinas Vermutung bestätigt.

Ein imposantes Gebäude tauchte auf. Zwei kleine Türme über dem Eingang ließen an eine Trutzburg erinnern. *Privatbank Lienhardt & Partner* stand auf dem glänzenden Schild. Jetzt war ihr klar: Doro Ziegler war auf dem Weg zu der Bank ihres Mannes um ... was genau zu tun?

Hat er hier das Geld versteckt und hat sie darauf Zugriff, obwohl sie seit Wochen beteuert, von nichts zu wissen?

Angespannt wie ein Bogen, ehe der Pfeil ihn verlässt, folgte Valentina ihr in das große Foyer.

Doro Ziegler blieb einen Moment stehen, sah sich suchend um. Niemand nahm Notiz von ihr. Schließlich ging sie auf die Dame am Empfang zu.

Sie macht nicht den Eindruck, als würde sie sich hier auskennen, stellte Valentina fest und schlenderte auf die beiden Frauen zu, um etwas von dem Gespräch zu erhaschen.

»Mein Name ist Doro Ziegler. Mein Mann hat hier bei Ihnen …«

»Wie ist der Name?«, fragte die Dame höflich.

»Gernot Ziegler.«

»Einen Moment … Ja, ich sehe. Er hat hier bei uns ein …«

»Kann ich Ihnen behilflich sein, gnädige Frau?«

Valentina schreckte zusammen. Ein Mann – augenscheinlich Mitarbeiter der Bank – stand vor ihr und sah sie fragend an.

Mist. Ausgerechnet jetzt muss dieser Typ auftauchen.

»Gracias, Señor, ich informiere mich. Eventuell ziehe ich Ihre Bank in Betracht.«

»Darf ich Ihnen einige Unterlagen überreichen?«

Valentina nickte ergeben.

Freundlich lächelnd nahm sie die Broschüren entgegen, bedankte sich höflich und verließ die Bank.

Bei einem kurzen Blick zurück, sah sie Doro Ziegler das Foyer durch eine Tür am Ende des Raums verlassen.

Nur mit Mühe konnte sie ihren Ärger unterdrücken. Sie war so nahe dran gewesen, ein weiteres Stück des Puzzles zu finden. Jetzt hieß es wieder darauf warten, welche Schritte Doro Ziegler als nächstes unternehmen würde.

Valentina ging zurück zu ihrem Van.

Sie wird ihr Auto sicher nicht hier im Parkhaus stehen lassen. Zeit für mich, ein Telefonat mit Dietrich Berg zu führen. Was er wohl dazu sagen wird?

Dietrich Berg war erfreut von Valentina zu hören und überrascht, über das, was sie ihm berichtete.

»Wäre mir dieser dienstbeflissene Herr nicht in die Quere gekommen, wüsste ich jetzt zumindest, ob Ziegler bei Lienhardt & Partner ein Konto hat.«

»Sie sind ein Stück vorangekommen ... nur das zählt. Frau Ziegler ist noch in der Bank?«

»Vermutlich. Ihr Wagen steht noch hier im Parkhaus. Hat sie uns alle getäuscht?«

»Ich bin genauso überrascht wie Sie, Valentina. Sie braucht eine Vollmacht, um Zugriff auf ein Konto oder Schließfach zu erlangen. Hätten solche Unterlagen bei der Hausdurchsuchung nicht gefunden werden müssen?«

»Ich habe noch eine andere Theorie.«

»Die da wäre?«

»Vielleicht hat ihr Mann sie kontaktiert und sie aufgefordert hierher nach Zürich zu fahren und die Bank aufzusuchen.«

»Möglicherweise hat er vorsorglich eine Vollmacht hinterlegt ... für alle Fälle.«

»Ja. Sie musste nicht lange diskutieren.«

»Bleiben Sie unbedingt an ihr dran. Und halten Sie mich auf dem Laufenden.«

»Sie kommt ... Ich melde mich, sobald ich Neues zu berichten habe.«

»Passen Sie auf sich auf, Valentina. Bis bald.«

»Das tue ich. Bis bald, Herr Berg.«

Beinahe wäre ihr ein *Grüßen Sie Ihren Sohn* herausgerutscht. Im letzten Moment konnte sie es sich verkneifen.

Wir lassen das. Es führt zu nichts!

***

Doro Ziegler stieg in ihr Auto und blieb eine Weile sitzen, um die nächsten Schritte zu überlegen.

Fliegen Sie nach Málaga, Swiss Air, 13:20 Uhr, lautete die nächste Anweisung. Und Wechseln Sie die SIM-Karte Ihres Smartphones / PIN 8173

Sie holte ihr Smartphone aus der Handtasche. Nur mit Mühe gelang es ihr die SIM-Karte aus der schmalen Öffnung zu friemeln. Der wenige Schlaf, die Aufregung in der Bank ... zu viel auf einmal. Sie schob die neue SIM-Karte, die sie auch im Schließfach vorgefunden hatte, hinein und aktivierte ihr Telefon mit der neuen PIN.

Jetzt kann mich niemand mehr erreichen ... auch meine Eltern nicht, ging ihr durch den Kopf.

Doch schon letzte Nacht hatte sie, gelähmt vor Furcht, entschieden, die mysteriösen Anweisungen zu befolgen. Zu groß war ihre Angst vor dem Unbekannten und seinen Drohungen.

Zu Valentinas Überraschung ging die Fahrt zum Flughafen Zürich-Kloten.

Puh, das könnte kompliziert werden, sinnierte sie und ließ sämtliche Möglichkeiten Revue passieren, die für unterschlagene Millionen in Betracht kamen.

Wenn's dumm läuft, sitze ich demnächst in einem Flieger auf die Bahamas.

Sie ging in Gedanken durch, ob sie alle notwendigen Dokumente dabeihatte. Und noch ein Problem kam ihr in den Sinn. Um Reisepass oder Personalausweis benutzen zu können, musste sie ohne Verkleidung vor den Kontrollbeamten auftauchen.

Jetzt machte sich bezahlt, dass Doro Ziegler während all ihrer Begegnungen nie die »echte« Valentina zu Gesicht bekam. Valentina war erleichtert und zog sich mit einem Seufzer die blonde Perücke vom Kopf, fuhr sich durch die Haare und begutachtete sich kurz im Rückspiegel.

Nicht unbedingt das, was ich mir unter einer ordentlichen Frisur vorstelle. So what …

Hier ging es um wichtigere Dinge als um gutsitzende Haare.

Sie beschloss, Dietrich Berg anzurufen. Es meldete sich die Mailbox und sie hinterließ ihm eine Nachricht: *Hallo, Herr Berg, hier ist mächtig Bewegung in der Sache. Ich bin gerade auf dem Weg zum Flughafen. Keine Ahnung, wohin die Reise geht. Ich rufe jetzt schon an, weil ich eventuell später keine Gelegenheit mehr dazu haben werde. Ich melde mich umgehend, sobald ich schlauer bin.*

Doro Ziegler parkte ihr Auto, stieg aus, ging zum Kofferraum und holte ihr Gepäck heraus.

Sie fliegt tatsächlich! Valentina tat es ihr gleich und folgte ihr – immer auf Abstand – zum Schalter von Swiss Air.

Jetzt musste sie gewaltig auf der Hut sein, um zu verstehen, wohin die Reise gehen soll. Zum ersten Mal vergaß sie alle Vorsicht und stellte sich dicht hinter Doro Ziegler.

»Ein Ticket für den Flug um 13:20 Uhr nach Málaga«, hörte sie Doro Ziegler sagen.

Ihr fiel ein Stein vom Herzen. Málaga, das lag quasi vor der Haustür. Sie kannte Sprache und Leute. Das würde ihr helfen.

Sie wartete, bis Doro Ziegler den Ticketkauf abgeschlossen und den Schalter verlassen hatte. Dann kaufte auch sie sich ein Ticket für besagten Flug.

Ein Blick auf die Uhr zeigte ihr, dass ihr noch zwei Stunden blieben. Sie atmete auf. Zeit, den Leasingwagen zurückzugeben und dann endlich etwas zum Essen und eine große Portion heißen Kaffee.

Wenig später saß sie in der Lounge nahe der Abflughalle und schaute sich um.

Doro Ziegler saß wenige Meter von ihr entfernt. Sie machte einen verunsicherten Eindruck.

Valentina genoss die kurze Pause, die ihr vergönnt war. Der Kaffee wärmte ihren Magen und ihre Seele. Er erweckte ihren Geist, machte sie wach und aufnahmefähig.

Sie holte ihr Smartphone aus der Tasche, öffnete den Messanger und tippte eine kurze Nachricht an Dietrich Berg.

Dann wurden die Passagiere zum Boarding aufgerufen.

Valentina und Doro Ziegler standen nahezu gleichzeitig auf und gingen mit ihrem Handgepäck hinüber zum Gate.

Die junge Stewardess begrüßte sie freundlich. Dann war der Weg frei für die nächste Etappe im Fall *Ziegler*.

Kapitel 19

Valentina war erleichtert, wieder festen Boden unter den Füßen zu haben. Selten hatte sie einen derart holprigen Flug zu überstehen gehabt. Dafür war eine gewaltige Gewitterfront über dem Mittelmeer verantwortlich gewesen.

Die Unruhe in der Kabine hatte sich auch auf sie übertragen. Die vielen offenen Fragen taten ihr übriges. Was würde sie am Zielort erwarten? Warum flog Doro Ziegler aus nicht erkennbaren Gründen nach Spanien? Noch ergab das alles keinen Sinn. Oder etwa doch?

Immer wieder warf sie einen schnellen Blick zu der Frau, die über dem Gang, zwei Reihen vor ihr saß.

Doro Zieglers Anspannung war deutlich zu sehen. Die Hände gefaltet, die Augen geschlossen, saß sie mit gesenktem Kopf auf ihrem Sitzplatz.

Valentina vergaß für einen Moment, warum sie mit der Frau in diesem Flugzeug unterwegs war, und empfand Mitgefühl mit ihr.

Doro Ziegler hatte in den letzten Wochen einiges aushalten müssen. Ihr geregelter

Alltag, ihre geordnete Welt war gewaltig durcheinandergeraten.

Da konnte man schon mal die Nerven verlieren, die Anweisungen des Staatsanwaltes missachten und bei Nacht und Nebel das Land verlassen.

Welche Überraschungen würde diese Reise noch parat haben?

Als Doro Ziegler sich in ihr Auto setzte und losfuhr, war Valentina der festen Überzeugung gewesen, das Ziel sei der Comer See.

Dann der seltsame Richtungswechsel nahe Luzern nach Zürich. Der Besuch in der Bank, obwohl Doro Ziegler bisher hartnäckig versichert hatte, sie wisse nichts von den Geschäften ihres Mannes und auch nicht, wo das ganze Geld geblieben sei. Und nun also Málaga.

Irgendwann, da war sie sich sicher, würde sich das Puzzle zu einem Ganzen zusammenfügen.

***

Nachdem Valentina ihren Koffer vom Gepäckband gehievt hatte, folgte sie Doro Ziegler eilig.

Die Menschenmasse verlor sich schnell in der weitläufigen Ankunftshalle. Die meisten Leute strebten zielstrebig den Ausgängen zu; einige schienen es nicht eilig zu haben und schlenderten behäbig dahin.

Auch Doro Ziegler schien kein rechtes Ziel zu haben. Hin und wieder blieb sie stehen und sah sich um. Dann holte sie ihr Handy aus der Handtasche, starrte auf das Display und steckte es wieder ein.

Valentina kam dieses Verhalten seltsam vor. Gespannt wartete sie auf den Fortgang. Ihre Geduld wurde mit einer Überraschung belohnt.

Ein großer, sportlich wirkender Mann, braungebrannt, mit kahlem Schädel und Dreitagebart, bahnte sich seinen Weg durch die Menge. Eine Sonnenbrille verdeckte seine Augen, obwohl in dem Gebäude kein Sonnenschutz von Nöten war. Schließlich hob er die Hand und winkte hektisch.

Fast wäre Valentina gegen Doro Ziegler geprallt.

Die war abrupt stehengeblieben, verharrte einen kurzen Moment in dieser Reglosigkeit. Dann hörte Valentina sie laut auflachen.

Was ist das bloß für ein seltsames Gebaren, ging Valentina durch den Kopf und musste auf die Antwort nicht lange warten.

Doro Ziegler lief auf den kahlköpfigen Mann zu. Der breitete die Arme aus, fing sie auf und küsste sie innig.

Valentina blieb vor Überraschung der Mund offenstehen, was überaus selten vorkam.

Was hatte das zu bedeuten? Doro Ziegler traf sich hier mit einem Mann. Das warf viele neue Fragen auf.

Hatte die Frau alle getäuscht? Hatte sie gar ihren Mann beseitigen lassen, um jetzt ungestört und frei mit einem anderen Mann ein neues Leben führen zu können?

Valentina wurde von neuem Ehrgeiz gepackt. Dieser Sache musste sie auf den Grund gehen, bis alle Zweifel ausgeräumt waren. Dietrich Berg würde staunen, wenn sie ihn heute Abend anrufen würde.

Sie winkte einem Taxi, stieg ein und wies den Fahrer an, seinem Kollegen mit den beiden Fahrgästen bis zu deren Ziel zu folgen.

Nach den vergangenen Nächten, die sie im Schlafsack in diesem unbequemen Van verbracht hatte, war Valentina glücklich, wieder in einem bequemen Bett liegen zu können.

Der Schlafmangel, die langen Autofahrten, die Anspannung und Erschöpfung wurden jetzt schlagartig spürbar. Nach einer ausgiebigen Dusche hatte sie sich einen leichten Imbiss aufs Zimmer kommen lassen.

Nun saß sie mit ihrem Laptop auf dem ausladenden Bett, machte sich Notizen und überlegte ihr Vorgehen für die nächsten Tage. Erst dann war sie zufrieden und kuschelte sich, wohlig seufzend, unter die Bettdecke.

Ich habe vergessen, Dietrich Berg anzurufen, ging ihr kurz durch den Kopf. *Er wird es mir nachsehen.*

Kurz darauf glitt sie in einen tiefen Schlaf; begleitet von erregenden Bildern von sich und einem schönen Mann, dem sie in der realen Welt zu ihrem Bedauern bisher nicht so nahegekommen war wie jetzt, in diesen Stunden zwischen den Zeiten.

***

An diesem ersten Morgen in Málaga, nach einem erholsamen Schlaf, war Valentina voller Tatendrang. Sie hatte einen Plan; es gab viel zu tun.

Doch zuerst freute sie sich auf ein ausgiebiges Frühstück. So viel Zeit musste sein.

Mit Genugtuung registrierte sie, dass der Frühstücksraum angenehm leer war. Sie verabscheute drängelnde Urlauber in langen Schlangen vor dem Büffet.

Sie suchte sich einen Platz mit Blick nach draußen, holte ihr Smartphone aus der

Tasche und studierte noch einmal die Adresse ihres geplanten Zieles.

Danach schlürfte sie genussvoll an ihrem Kaffee und schloss genießerisch die Augen. Wie sehr hatte sie das vermisst. Einen starken, schwarzen Kaffee, ein frisches Croissant mit einem Klecks Konfitüre.

Ein Blick auf die Uhr beendete das Wohlgefühl.

Schlemmen darfst du, wenn du deinen Job erledigt hast, rief sie sich zur Ordnung.

Sie tippte eine kurze Nachricht an Dietrich Berg; erklärte ihm, wo sie ist und dass es wohl einige Tage in Anspruch nehmen würde.

Seine Antwort ließ nicht lange auf sich warten. Er wünschte ihr viel Erfolg und bat um einen Rückruf am Abend.

Sie schickte ihm einen erhobenen Daumen, stand auf und verließ den Frühstücksraum.

Für ihren heutigen Auftritt hatte sie rote Haare gewählt. Ihr sommerlicher Jumpsuit mit exotischem Blumenmuster, die große Sonnenbrille und der elegante, creme-farbene Panamahut vervollständigten ihr Outfit.

Sie erntete jede Menge anerkennende Blicke als sie die Lobby des Hotels durchschritt, um zu ihrem Taxi zu gehen.

Ihr Ziel war das Verwaltungsbüro der Apartment-Anlage in der Nähe des Yachthafens, wo sie Doro Ziegler noch immer vermutete.

Gestern Abend hatte sie sich auf der Website schon über die Modalitäten der Anlage informiert. Die Wohnungen wurden in erster Linie an Feriengäste vermietet.

Sie hoffte zu erfahren, wie lang Apartment 12 gemietet war. Dann hätte sie einen Anhaltspunkt über ihre Aufenthaltsdauer. Und sie hoffte, eventuell in diesem Gebäude unterzukommen. So hätte sie Doro Ziegler und deren Begleiter besser im Blick.

Der junge Mann im Verwaltungsbüro gab sich große Mühe, Valentina zufrieden zu stellen.

»Ich interessiere mich für Apartment 12.«

Er studierte den Belegplan. »Nr. 12 ist bereits belegt.«

»Belegt? Molesto«, murmelte sie.

»Muss es denn unbedingt dieses Apartment sein, Señora?«

»Señorita.« Sie lächelte ihn an. »Eine gute Freundin hat mir ausdrücklich dieses Apartment empfohlen. Also, wann könnte ich es mieten?« Sie unterstrich ihre Frage mit einem gekonnten Augenaufschlag.

»Frühestens in drei Monaten.«

»Ist für den Übergang ein anderes ...«

»Tut mir leid, wie ich sehe, sind alle unsere Apartments bereits gebucht.« Es war unverkennbar, dass er ihr gerne einen Gefallen getan hätte.

»Schade. Ich danke Ihnen, Señor ...« Sie sah ihn fragend an.

Er errötetete sanft. »Comez ... Ignacio Comez.«

Sie reichte ihm die Hand. »Adiós, Ignacio.«

Schade, sie musste also weiterhin im Hotel wohnen. Das erschwerte ihre Arbeit zwar, aber Dank des netten Ignacio wusste sie immerhin, dass Doro Ziegler wohl vorerst dort am Yachthafen wohnen würde.

Um sie im Auge behalten zu können, musste sie deren Gewohnheiten studieren und nun bei sommerlichen Temperaturen Stunde um Stunde in einem Auto sitzen, auf ein Haus starren, in der Hoffnung, etwas würde passieren. Dieser Teil des Jobs gehörte definitiv nicht zu ihren Favoriten.

Dabei hatte sie gehofft, die Reise würde jetzt eine bequemere Form annehmen.

***

In den ersten beiden Tagen ihrer Observation ließen sich weder Doro Ziegler noch ihr Begleiter blicken.

Das hatte sie schon vermutet.

Wahrscheinlich haben die beiden Besseres zu tun, als durch die Hitze des spanischen Sommers zu spazieren, überlegte Valentina, nicht ohne einen Hauch Neid.

Abends in ihrem Hotelzimmer, wenn der Bericht an Dietrich Berg erledigt war und die Planung für den nächsten Tag feststand, spürte sie einer seltsamen Sehnsucht nach.

Sie wehrte sich gegen dieses Gefühl, aber besonders dann, wenn ihre Gedanken Raum und Zeit hatten, ließ es sich nicht verdrängen.

Tags darauf kam Bewegung in die Sache. Doro Ziegler und ihr Begleiter verließen das Haus, engumschlungen, in ein reges Gespräch vertieft.

Valentina atmete auf. Endlich raus aus dem Auto, frische Luft und Bewegung. Das hatte sie in den letzten Tagen vermisst.

Ihr heutiges Outfit war schlicht. Die Haare steckten unter einer Baseballkappe; sie trug eine verwaschene Jeans, ein weites, blumiges Hemd und bequeme Sneakers.

Das Paar vor ihr schlenderte gemächlich Richtung Yachthafen, stand eine Weile an der Brüstung und beobachtete das Treiben auf dem Wasser.

Valentina setzte sich auf eine Bank in der Nähe, machte eifrig Fotos mit ihrem

Smartphone und wartete auf die Dinge, die da kommen würden.

Dann kam plötzlich Bewegung in die Szenerie. Doro Ziegler gestikulierte heftig, ihr Begleiter redete auf sie ein. Dann trommelte sie mit den Fäusten gegen seinen Brustkorb und schüttelte immer wieder energisch den Kopf.

Oh, oh, Schatten im Paradies? Valentina bedauerte, dass der Abstand zu groß war, um den Inhalt des lebhaften Gesprächs zu verstehen.

Jetzt ein Richtmikrofon und ich wäre schlauer.

An diesen Gedanken verschwendete sie nicht weiter Zeit. Das wäre viel zu auffällig gewesen.

Sie stand auf, schlenderte langsam auf das Paar zu, blieb immer wieder stehen und tat, was alle Touristen um sie herum taten: Sie fotografierte. Den Hafen, die Boote, sich selbst.

Niemand nahm Notiz von ihr.

Ehe sie Doro Ziegler und ihren Begleiter erreichte, war der Disput zu ihrem Bedauern beendet.

Valentina nahm das nicht weiter tragisch. Sie war überzeugt davon, dass sie ihre Chance bekommen würde. Früher oder später. Wobei sie *früher* bevorzugen würde.

Am Abend telefonierte sie lang mit Dietrich Berg. Sie bedauerte, dass sie keine wichtigen Neuigkeiten für ihn hatte.

»Leider bin ich noch nicht sehr weit gekommen, Herr Berg. Wenn ich wüsste, wer der Mann ist, dann ...«

»Mir geht da gerade eine ziemlich verrückte Idee durch den Kopf, Valentina.«

Sie lachte auf. »Verrückte Ideen passen so gar nicht zu Ihnen, Herr Berg.«

»Sie kennen eben nur *eine* Seite von mir.«

»Jetzt haben Sie mich neugierig gemacht. Raus mit der Sprache ... Welche Idee haben Sie?«

»Vermutlich komme ich in Teufels Küche. Aber gut ... Der schnellste Weg, um an die Identität dieses Mannes zu kommen, wäre eine Personenkontrolle.«

»Oh, lá, lá, Herr Berg.«

Dietrich Berg schwieg.

Ob ihm sein Vorschlag unangenehm ist?

»Kein spanischer Polizist würde grundlos die Papiere kontrollieren; selbst wenn ich ihm schöne Augen machen würde. Mit welcher Begründung sollte ich das verlangen?«

»Sie haben ja Recht, Valentina. Also gut. Ich hatte auch keinen spanischen Polizisten im Auge, sondern ...«

»Dios mios.« Valentina lachte leise. »Denken Sie da etwa an Ihren Sohn?«

Dietrich Berg seufzte. »In der Tat.«

»Und Sie glauben, er würde sich darauf einlassen?«

»Vermutlich wird er mir den Kopf abreißen.«

»Er ist immer sehr korrekt; wenn ich es mal vorsichtig ausdrücken darf.«

»Ja, er nimmt seinen Job sehr ernst.«

»Also sollten wir es besser lassen?«

»Vielleicht sollten wir eine Nacht drüber schlafen, Valentina.«

»Guter Vorschlag. Ich versuche zuerst, ohne Gregor an Informationen zu kommen. Ich möchte ihn nicht verärgern.«

»Sie mögen ihn ...«

Valentina lachte. »Gute Nacht, Herr Berg.«

Zwei Tage später fasste sie den Entschluss, Gregor Berg um Hilfe zu bitten.

Kapitel 20

Gregor ahnte nicht, was auf ihn zukommen würde, als sein Smartphone summte und er das Gespräch entgegennahm.

»Ich brauche Ihre Hilfe«, hörte er eine Frauenstimme sagen. Ohne Zweifel, Valentina Montero.

Er holte tief Luft, auch um sicher zu gehen, dass ihm nicht die Stimme versagt. »So, meine Hilfe also«, antwortete er kurz angebunden. »Um was geht's?«

»Ich observiere seit einer Weile Doro Ziegler. Das erweist sich als sehr aufschlussreich, denn inzwischen spaziert sie hier fröhlich mit einem Kerl durch die Gegend. Sehr verliebt, wie ich finde. Und jetzt frage ich mich, wer ist der Typ? Hat sie uns die ganze Zeit an der Nase herumgeführt und steckt bis zu ihrem schlanken Hals in der Sache mit drin? Oder, was auch eine Möglichkeit wäre, hat sie ihren Gatten beseitigen lassen und genießt jetzt das Leben mit einem neuen Lover?«

»Ziemlich viele Vermutungen auf einmal.«

»Vermutungen. Noch. Genau. Und deshalb brauche ich Ihre Hilfe.«

»Ich wüsste nicht, wie ich zur Klärung beitragen könnte? Eine Idee?«

»Ja. Sie könnten mal kurz mit Ihrem Dienstausweis wedeln und seine Personalien feststellen. Das würde die beiden sicher schwer beeindrucken.«

»Sonst geht's Ihnen aber gut ... oder muss ich mir um Ihren Verstand Sorgen machen? Grundlos Personalien kontrollieren, gehört eindeutig nicht in meinen Zuständigkeitsbereich.«

»Ach, könnten Sie bitte *einmal* Ihre Korrektheiten beiseitelassen? Wollen Sie nicht auch, dass die armen Leute ihr Geld wiederbekommen? Das kann Ihnen doch nicht egal sein; die ganzen Betrügereien.«

Gregor schnaubte. »Das ist eine ganz miese Tour. So was nennt man emotionale Erpressung. Sie wissen ganz genau, dass mir das nicht egal ist. Also lassen Sie diese dämlichen Unterstellungen.«

»Puh, jetzt habe ich Sie wohl verärgert, Herr Kommissar ... Also, wie ist es? Helfen Sie mir?«

Er schloss einen Moment die Augen. Das tat er immer, wenn er nachdenken musste.

Was verlangt diese Frau da von mir?

Es könnte mächtigen Ärger geben, wenn er sich auf diese Schnapsidee einließe.

Dann kam ihm in den Sinn, dass diese schräge Aktion ihm immerhin ein

Wiedersehen mit der aufregendsten Frau bescheren würde, die ihm jemals über den Weg gelaufen ist.

Er schüttelte den Kopf über diesen Gedanken. »Verrückt. Das ist einfach verrückt ... Wo und wann?«

»Das ist nicht so einfach«, hörte er sie sagen.

»Was soll das heißen ... nicht so einfach? Ich habe in einer Stunde Mittagspause, dann ziehen wir die Sache durch und vergessen sie anschließend ganz schnell wieder.«

»Es ist nicht so einfach«, wiederholte Valentina mit Nachdruck.

»Und was, bitte schön, ist an der Sache nicht ganz einfach?«, fragte er ungeduldig. »Ich habe nicht den ganzen Tag Zeit, mir Ihre Verrücktheiten anzuhören. Dann lassen wir's eben. Ist eh ne saudumme Idee.«

»Nein, nein, halt. Lassen Sie mich erklären.«

»Valentina, mein Geduldsfaden hat nur eine begrenzte Dehnungsfähigkeit. Also, wo und wann? Sind Sie in der Nähe? Kann ich zu Fuß kommen oder brauche ich zu allem Überfluss einen Dienstwagen?«

»Nein.«

»Nein? Was denn nun? Wo genau sind Sie?«

»Málaga.«

Gregor verschlug es vor Verblüffung die Sprache. »Ehrlich, mir reicht's jetzt. Machen Sie Ihre Scherze mit wem Sie wollen.«

»Es ist kein Scherz.« Sie klang leicht amüsiert.

»Sie sind also in …«

»Málaga«, vollendete sie seinen Satz.

»Jetzt zweifele ich endgültig an Ihrem Verstand. Sie glauben doch nicht allen Ernstes, dass ich mich in ein Flugzeug setze, um in Spanien die Personalien von irgendwelchen Leuten zu kontrollieren. Das ist außerhalb jeglicher Zuständigkeit; von der Legalität mal abgesehen.«

»Wollen Sie, dass die beiden einfach so davonkommen? Kein hiesiger Polizist wird mir zuhören, mir glauben und die Sache übernehmen. Ich bitte selten jemanden um Hilfe und schon gar nicht einen Mann. Es hat mich viel Überwindung gekostet. Aber ich brauche Ihre Hilfe, Gregor. Bitte.«

Die Art, wie sie seinen Namen aussprach, mit dieser unvergleichlichen Stimme, dem nicht zu überhörenden Hauch von Sinnlichkeit. Sein Puls beschleunigte sich; vom Anstieg seines Blutdrucks ganz zu schweigen.

»Sind Sie noch da?«, hörte er sie eindringlich fragen.

»Ich melde mich«, krächzte er und beendete das Gespräch. Er brauchte dringend frische Luft. Vielleicht machte das sein vernebeltes Hirn frei und dann könnte er wieder mit klarem Verstand entscheiden und nicht einige Etagen tiefer.

***

Es dauerte eine Weile, ehe Gregor sich von dem Gespräch mit Valentina erholt hatte. *Sie brauchte ihn also.* Dieser Bitte nachzukommen, wäre Irrsinn. Bis zu dieser Erkenntnis funktionierte sein Verstand immerhin schon wieder.

Was wäre, wenn?

Vergiss es, du Blödmann. Seine Vernunft wollte partout keine Ruhe geben.

Ach, halt die Klappe. Man muss auch mal was riskieren.

Er griff zum Telefon und wählte die Nummer seines Freundes Andreas.

»Hey, Gregor, altes Haus. Was verschafft mir die Ehre?« Andreas Neumann machte es sich auf seinem Bürostuhl bequem. Er freute sich aufrichtig, dass sich sein Freund mal wieder bei ihm meldete.

»Hallo, Andreas, wie geht's, wie steht's?«

»Alles im grünen Bereich. Aber wegen der Wasserstandsmeldung rufst du doch nicht an.«

»Ähm ... Wie kommst du darauf?«

»Kumpel, ich kenne dich schon ein paar Tage. Vergessen? Also, was gibt's?«

»Hast du mit der Ziegler-Sache zu tun?«

»Dem verschwundenen Finanzgenie?«

»Ja.«

»Nicht direkt. Warum fragst du?«

»Was ich jetzt sage, wird dir seltsam vorkommen ...«

»Spuk's aus.«

»Ich kenne da eine Privatdetektivin ...«

Andreas Neumann pfiff durch die Zähne.

»Nicht das, was du denkst.«

»Sondern?«

»Ich serviere dir mal die Kurzversion: Mein alter Herr vertritt einige der von Ziegler Geschädigten und hat sie engagiert. Sie ist schon eine Weile an der Sache dran und observiert seit Neuestem Zieglers Ehefrau. Da scheint sich eine Spur zu ergeben.«

»Jetzt wird's spannend.«

»Hör mir einfach mal einen Moment zu, bitte.«

»Tu ich. Schieß los. Was ist mit der Ehefrau?«

»Valentina ...«

»Valentina. Oh, là, là...« Andreas schnalzte mit der Zunge.

Gregor verdrehte die Augen. »Blödmann. Also, nochmal. Valentina Montero hat mich angerufen und erzählt, dass Doro Ziegler seit ein paar Tagen mit einem Typen um die Häuser zieht. Da kommen doch Fragen auf. Bisher hat sie sehr überzeugend die verzweifelte Ehefrau gegeben. Und jetzt ...«

»Das klingt in der Tat spannend. Du glaubst also, sie hat mehr Dreck am Stecken, als alle bisher vermutet haben?«

»Yep.«

»Aha. Und was hast du damit zu tun, wenn ich fragen darf?«

»Jetzt wird's etwas kurios. Um herauszufinden, um wen es sich handelt, bat mich Valentina, die Personalien dieses Typen zu kontrollieren.«

»Du weißt aber schon, dass das nicht in deiner ...«

»Das ist noch nicht das ganze Problem.«

»Jetzt machst du mich aber so richtig neugierig.«

»Mal schnell mit dem Dienstausweis wedeln, wäre noch das Geringste, aber ...«

»Aber?«

»Ich müsste dafür nach Málaga fliegen.«

Andreas schluckte. »Hab ich dich richtig verstanden? Du hast Málaga gesagt?«

»Ja.«

»Junge, Junge, aber sonst hast du noch alle Latten am Zaun?«

»Ich weiß selbst, wie verrückt das klingt. Und ich weiß, dass es Ärger geben kann«, sagte Gregor leise.

»Aber du würdest dieser Valentina gern diesen Gefallen tun, stimmt's?«

»Ja. So ist es.«

»Boah, dich hat's ja richtig erwischt! Sollte mich eigentlich freuen ... nach all den tristen Jahren. Tut es aber nicht.«

»Andreas, du bist mein bester Freund. Was ich dich jetzt frage, kann ich nur einen guten Freund fragen. Hilfst du mir?«

»Helfen. Womit? Zusehen, wie du ins Verderben rennst, dich um Kopf und Kragen, deine neue Stelle und deine schöne Pension manövrierst? Bisschen viel verlangt von einem Freund. Findest du nicht auch?«

»Ja, das finde ich auch. Aber ...«

»Was genau erwartest du denn von mir?«

»Ach, vergiss es. Es wäre unfair, dich damit reinzuziehen.«

»Sag schon. Was wäre mein Part?«

Gregor gab sich einen Ruck. »Würdest du mit mir mitkommen; quasi als Alibi ... gemeinsamer Urlaub unter Freunden?«

»Gregor, du musst dich in einem fiebrigen Zustand befinden, sonst würdest du nicht solche Überlegungen anstellen.«

»Würdest du? Ja oder nein.«

»Du begibst dich da auf einen schmalen Grat, mein Freund. Es ist noch nicht allzu lange her, da hat ein anderer Kollege und Freund von mir auch wegen einer Frau fast das korrekte Fahrwasser verlassen. Da stand verdammt viel auf der Kippe. Der saß sogar ein paar Wochen in Untersuchungshaft. Mordverdacht. Das will ich nicht noch einmal erleben müssen.«

»Du meinst Thomas Marenholz, oder?«

»Ja.«

»War echt krass und ich bin froh, dass alles ein gutes Ende genommen hat. Ehrlich gesagt, war ich aber auch ein bisschen neidisch auf ihn.«

»Neidisch?«

»Ja. Neidisch. Er hat für seine Liebe viel riskiert und letztendlich gewonnen.«

»Geht's bei dir um Liebe? Ich dachte eher an eine Art berauschendes Begehren.«

»Liebe? Eher nein. Die Frau geht mir nicht mehr aus dem Kopf, das stimmt. Aber sie ist eine von der Sorte Frau, bei der Ärger in der Luft liegt und um die jeder vernünftige Mann besser einen großen Bogen machen sollte.«

»Warum?«

»Weil sie dafür sorgt, dass man seinen Verstand ausschaltet. Das ist nicht gut. Gar nicht gut. Da ist der Ärger quasi vorprogrammiert.«

»Und obwohl du noch in der Lage zu dieser klaren Analyse bist, willst du dich auf diese Geschichte einlassen?«

»Ich weiß, wie verrückt das Ganze klingt.

Vielleicht möchte ich einfach nicht irgendwann als einsamer Mann enden, der sich pausenlos fragt, ob er nicht einmal zu oft zu vorsichtig gewesen ist. Du und deine Frau habt mich doch immer wieder genau davor gewarnt.«

»Oh Mann, Gregor, es laufen jede Menge Frauen rum, die händeringend einen Kerl wie dich suchen. Bodenständig, zuverlässig ... gutaussehend. Warum für diese Valentina ein Risiko eingehen, wenn du doch sicher bist, dass es zu nichts führt?«

»Kein bisschen Verständnis für mich?«

»Geb mir große Mühe.«

»Wenn du nein sagst, wird das nichts an unserer Freundschaft ändern.«

»Fein. Ich muss nachdenken. Es gibt da einige Dinge zu berücksichtigen, die da wären: Wie sag ich's meiner Frau und weihe ich Kollegen ein, die mit dem Fall betraut sind? Gib mir etwas Zeit. Muss ne Nacht drüber schlafen. Melde mich morgen bei dir. Okay?«

»Okay, Andreas. Danke.«

Kapitel 21

Nachdem Gregor die ganze Nacht darüber nachgegrübelt hatte, ob er tatsächlich dieses Risiko eingehen sollte, fasste er den Entschluss, seinen Vater zu befragen.

Ehe er es sich anders überlegen würde, griff er zum Telefon und wählte die Nummer der Kanzlei. Niemand meldete sich.

Ob das ein Zeichen ist, den ganzen Irrsinn zu lassen, ging Gregor durch den Kopf.

Dann meldete sich Andreas und Gregor wurde klar, dass es zu spät für einen Rückzieher war.

»Hallo, Gregor, gute Neuigkeiten«, hörte er seinen Freund gutgelaunt sagen.

»Inwiefern?«

»Ich habe Ausgang.« Andreas lachte.

»Du hast mit Katja gesprochen?«

»Logisch. Heimlichkeiten sind Gift für Beziehungen. Weißt du doch selbst.«

»Danke für den Hinweis«, antwortete Gregor sarkastisch.

»Sorry, Kumpel, war ne blöde Bemerkung.«

»Vergessen und verziehen. Also, was hast du Katja erzählt?«

»Alles. Die Wahrheit. Dass ich mit dir ein paar Tage nach Spanien fliege, weil du einer atemberaubenden Frau einen Gefallen tun willst und meine Schützenhilfe brauchst. Bei *Frau* hatte ich sie.«

»Du bist so ein Blödmann«, stöhnte Gregor theatralisch. »Sie will mich also immer noch endlich in weiblichen Händen wissen. Oh Mann.«

»Kennst sie doch.«

»Und was hast du sonst noch erzählt?«

»Wie gesagt. Die Wahrheit. Dass wir eventuell zur Klärung eines großen Betrugsfalls beitragen und dann sicher berühmt werden.«

»Geht's auch mal ernsthaft?«

»Sie hat eine Bedingung. Ich muss Urlaub beantragen und rein privat mit dir mitkommen. Und das empfehle ich dir auch wärmstens. Mal ehrlich, wir wissen nicht, was uns dort erwartet. Falls etwas schiefläuft, haben wir diese Valentina rein zufällig getroffen. Dann kann uns keiner was.«

»Ganz genau. Das hatte ich auch so geplant. Zwei Freunde genießen ein paar nette Tage in Spanien. Wird ein paar Scheine kosten, aber man gönnt sich ja sonst nichts.«

»Also gut. Die Sache läuft. Wie viele Tage wird es dauern? Mein Urlaubskonto ist schon ziemlich geplündert. Drei Tage, reicht das?«

»Sollte reichen. Falls es sich hinzieht, fliegst du zurück und ich erledige den Rest notfalls allein.«

Andreas lachte schallend. »Schon klar. Probleme, ha ha. Aber gut, ich will dir bei deinem heldenhaften Einsatz keinesfalls im Wege stehen.«

»Wie selbstlos. Sehr rücksichtsvoll von dir.«

»Buchst du die Flüge?«

»Lass uns heute Abend noch mal reden, Andreas. Ich muss zuerst Frau Montero kontaktieren. Vielleicht hat sich die Sache inzwischen erledigt. Was mir am liebsten wäre. Außerdem habe ich beschlossen, meinen alten Herrn einzuweihen. Obwohl ich mir ziemlich sicher bin, dass er bestens informiert und nicht ganz unschuldig an der Aktion ist.«

»Echt jetzt? Dein Vater?«

»Aus irgendeinem Grund hat er einen Narren an dieser Valentina gefressen. Väterliche Zuneigung, wenn ich's richtig verstanden habe. Wenn sie den Fall löst, winkt vermutlich ein nettes Sümmchen Belohnung. Es sei ihr gegönnt.«

»Gut. Was in meinem Fall gilt, sollte auch für dich gelten: Keine Heimlichkeiten.«

»Ist ein starkes Stück, dass du mir hilfst, mein Freund. Danke.«

»Da nich für, wie der alte Friese sagt.«

Andreas' Hilfsbereitschaft berührte Gregor mehr, als er ausdrücken konnte.

Sie beide hatten schon etliche Abenteuer miteinander durchgestanden. Und auch etliche Tiefpunkte in ihrer beider Leben miteinander geteilt. Das verband sie seit vielen Jahren. Es war ein großartiges Gefühl, so einen Freund zu haben.

Er wählte erneut die Nummer der Kanzlei. Ehe er ein Wort sagen konnte, hörte er seinen Vater fragen: »Hast du gewusst, dass dein Bruder einen Mann liebt?«

»Ja, das habe ich.«

Einen Moment herrschte Stille am anderen Ende der Leitung. Dann fand sein Vater wieder seine Sprache.

»Du kannst dir vermutlich vorstellen, was sich bei uns gestern Abend abgespielt hat. Deine Mutter ...«

»... sollte endlich akzeptieren, dass ihre Söhne ein eigenes Leben führen. Warum, glaubst du wohl, hat Jonas so lange gewartet?«

»Ja. Trotzdem war es ein Schock. Wir sind weiß Gott liberale, aufgeklärte Menschen, aber wenn der eigene Sohn ... Und dann auch noch San Francisco.«

»Das ist neu für mich.«

»Tja, das brachte deine Mutter dann endgültig an den Rand eines Nervenzusammenbruchs. Sie war kaum zu einem klaren Gedanken fähig und nur schwer zu beruhigen. Liane hat immer von einem Lebensabend im Kreise einer großen Familie geträumt. Und jetzt?«

»Ja, das ist bitter. Der eine Sohn findet partout keine passende Frau und der andere entflieht ihrer Fürsorge nach Kalifornien – mit einem Mann.«

»Sei nicht so sarkastisch, Gregor. Ein bisschen mehr Verständnis könntest du durchaus aufbringen.«

»Entschuldige, Vater. Ich will mir Mühe geben. Aber ihre ewigen Erwartungen nagen schon seit Jahren an meinem Nervenkostüm. Und Jonas geht es nicht anders.«

»Das kann ich gut verstehen, mein Sohn. Gut. Themenwechsel. Warum hast du angerufen?«

»Frau Montero. Málaga. Du weißt sicher Bescheid. Alles andere würde mich wundern.«

»In der Tat. Ich habe mit Valentina ausgiebig gesprochen ...«

»War ja klar.«

»... und sie darin bestärkt, dich um Hilfe zu ersuchen.«

»Hast du mal darüber nachgedacht, in welche Lage du mich da bringst? Du kannst von Glück reden, dass ich noch nicht in der

neuen Dienststelle bin. Da wär's Essig mit
Urlaub gewesen.«

»Dir steht natürlich frei, die Sache
abzulehnen.«

»Ach, ist das so?«

»Selbstverständlich. Darüber waren
Valentina und ich uns einig.«

»Na, dann ist es ja gut, wenn ihr beide
euch einig seid.«

»Gregor, warum bist du so aufgebracht?
Es steht dir frei, nein zu sagen. Ich bin mir
sicher, Valentina findet auch so Mittel und
Wege, die zu einem guten Ende führen.«

Gregor lachte kurz auf. »Du meinst,
Superwoman findet in Málaga sicher einen
anderen Trottel, der ihr zu Diensten ist.«

*Warum reagierte er so wütend? Sollte er
nicht froh sein, dass ihm ein Hintertürchen
offenstand? Dass er und Andreas keinen
Ärger riskieren mussten?*

»Sie ist ein feiner Mensch. Anständig und
absolut loyal.«

»Führen wir jetzt ein Bewerbungs-
gespräch?«

»Beruhige dich, Gregor. Warum reagierst
du so gereizt?«

»Sie hat mich ganz schön unter Druck
gesetzt, deine Valentina. Ich soll an die
vielen armen betrogenen Leute denken. Als
müsste man daran Zweifel haben. Und du
stellst es so dar, als hätte ich die Wahl. Zur

Information: Ich habe mich entschieden. Ich übernehme diese hirnrissige Sache. Sie soll sich bei mir melden. Heute noch. Damit wir die Einzelheiten klären können.«

Gregor beendete das Gespräch, ohne seinen Vater noch einmal zu Wort kommen zu lassen.

Kapitel 22

Gregor tat, was er noch nie getan hat: Er setzte sich über alle Bedenken hinweg und flog mit Andreas nach Málaga.

In zehntausend Metern Höhe fragte er sich, was der wahre Grund für seinen Tatendrang, Valentina Montero zu helfen, war.

Ohne Frage, die Frau hatte schon bei ihrem ersten Zusammentreffen im Büro seines Vaters einen bleibenden Eindruck auf ihn gemacht. Und als sie sich Tage später zwanglos auf seine Schreibtischkante gesetzt und ihre ellenlangen Beine vor ihm ausgestreckt hatte, hatte es förmlich geknistert. Er wunderte sich noch immer darüber, dass die Akten auf seinem Schreibtisch kein Feuer gefangen hatten.

Er schüttelte stumm den Kopf und gestand sich ein, dass tatsächlich ausschließlich *diese* Frau etwas mit seiner Entscheidung zu tun hatte. Er wollte sie wiedersehen. Unbedingt.

Und die Vorfreude auf das Wiedersehen überdeckte vorerst den Gedanken an etwaige Konsequenzen, die sein Handeln mit sich bringen könnten.

***

Angespannt wartete Valentina auf Gregors Eintreffen. Die Tage bis zu seiner Ankunft zogen sich dahin und wollten einfach kein Ende nehmen.

Obwohl er ihr bei ihrem ersten Telefonat wenig Hoffnung auf Hilfe gemacht hatte, war sie nun nach seiner Zusage zuversichtlich, dass die geplante Aktion zu einem guten Ende führen würde.

Erleichtert und voller Vorfreude machte sie sich auf den Weg zum Flughafen.

Erleichtert, weil nun endlich Bewegung in die Geschichte kam und voller Vorfreude, denn sie würde Gregor wiedersehen. Den Mann, der ihr nicht mehr aus dem Kopf ging. Es hatte eine Weile gedauert, ehe sie sich diese Tatsache eingestand. Und von diesem erhellenden Moment an hoffte sie insgeheim, er würde endlich sein distanziertes Verhalten ablegen.

Selbst einem Blinden konnte doch meine Wirkung auf ihn nicht entgangen sein.

In zahllosen stillen Stunden hatte sie sich schon ausgemalt, wie es wäre, wenn sie beide endlich das tun würden, was Leute so tun, wenn es dermaßen knistert, wie bei ihnen und dabei tiefes Verlangen gespürt.

Vielleicht lockert er unter der spanischen Sonne seinen steifen Hemdkragen, ging ihr durch den Kopf.

Mit einem Lächeln im Gesicht betrat sie das Flughafengebäude.

Gregor blickte in Richtung der wartenden Menschen. Eine Frau mit großer Sonnenbrille winkte ihm zu.

»Das ist sie.«

Andreas blieb der Mund offenstehen.

»Mach den Mund zu. Es zieht«, raunte Gregor ihm zu.

»Mein lieber Mann«, antwortete Andreas leise.

»Ich hoffe, das Ganze entpuppt sich nicht als Hirngespinst, Frau Montero«, begrüßte Gregor Valentina kurz darauf und ignorierte ihre ausgestreckte Hand. »Ich riskiere eventuell schlichtweg meinen Arsch für Sie.«

»Ich weiß das zu würdigen, Gregor«, sagte sie und schenkte besagtem Körperteil einen intensiven Blick, der seinen Puls in die Höhe schnellen ließ.

Valentina zeigte ihm ein entwaffnendes Lächeln. »Sie können sicher sein; an der Sache ist etwas oberfaul ... Und wer sind Sie?« wandte sie sich an Andreas.

»Geleitschutz«, antwortete der kurz und grinste.

»Oh. Aber Gregor, ich bin harmlos. Wirklich.«

Gregor warf Andreas einen bösen Blick zu und murmelte: »Wer's glaubt.«

Valentina ging nicht darauf ein. »Okay, wir fahren zuerst zum Hotel; die ganzen Formalitäten erledigen. ›Málaga Vibes‹, nicht sehr weit von hier.«

Andreas konnte sich ein Grinsen nicht verkneifen. »›Málaga Vibes‹, wenn das mal kein Omen ist.«

***

Die beiden Männer bezogen ihr gemeinsames Doppelzimmer.

»Sind wir beide nicht ein sehr attraktives Paar?«, feixte Andreas.

»Du weißt schon, warum wir hier sind, oder? Wird Zeit, dass du wieder ernst wirst.«

»Keep cool. Die Frau ist übrigens eine Wucht.«

»War ja nicht zu übersehen, wie beeindruckt du von ihr bist.«

»Gregor, warum bist du so angespannt? Wir machen jetzt unser Ding und danach gönnen wir uns ein paar schöne Stunden – mit oder ohne diese Valentina.«

»Gut, dann lass uns gehen. Sie wartet sicher schon auf uns.«

Sie fuhren mit dem Fahrstuhl hinunter in die Lobby.

Als Valentina sie kommen sah, stand sie auf und kam lächelnd auf sie zu.

»Die beiden wohnen in einem Apartmenthaus an der Playa de la Malagueta. Ist ein Stück zu fahren. Wir nehmen die Küstenstraße; die führt direkt ans Ziel.«

Nach wenigen Minuten stand ein Taxi für sie bereit. Valentina nahm neben dem Fahrer Platz und erklärte in fließendem Spanisch, wohin die Fahrt gehen soll.

Was kann diese Frau eigentlich nicht, fragte sich Gregor nicht wirklich überrascht.

Um sich abzulenken, schaute er aus dem Fenster und ließ die Gegend an sich vorbeiziehen. *Ganz nett hier,* war sein Fazit. Und wenn er nicht so aufgeregt wäre, könnte er die Sonne, den blauen Himmel und das Meer genießen.

»Wir sind gleich da«, hörte er Valentina sagen und sein Puls beschleunigte sich. Was würde sie dort erwarten?

Valentina signalisierte dem Fahrer, dass sie am Ziel seien. Ein paar Euro wechselten den Besitzer und sie stiegen aus.

»Es sind noch ein paar Meter zu gehen. Ich möchte vermeiden, dass Doro Ziegler uns rechtzeitig entdeckt.«

Gregor nickte. »Okay, wie gehen wir vor?«

»Wir klingeln, hoffen, dass jemand die Tür öffnet und sehen, was passiert.«

»Eine Bedingung habe ich: Wenn's brenzlig werden sollte, rufen wir die Kollegen. Versprochen?«

»Versprochen«, sagte Valentina. »Aber das wird nicht passieren. Sie werden vor Schreck ganz starr sein und brav ihre Ausweise zücken.«

»Sie sind ganz schön abgebrüht«, sagte Andreas anerkennend.

»Ich mache den Job schon ein paar Jahre und war schon in weitaus heikleren Situationen. Also los.«

Sie gingen die wenigen Meter bis zur Eingangstür, holten noch einmal tief Luft und drückten den Klingelknopf.

Es dauerte eine Weile, ehe sie Schritte hörten. Und als die Tür geöffnet wurde, erlebten sie eine erste unvorhersehbare Überraschung.

Valentina und Gregor fielen schier aus allen Wolken, als Dietrich Bergs langjährige Sekretärin, Yvonne Breitenfels, vor ihnen stand und mit vor Schreck aufgerissenen Augen ihren Überraschungsbesuch anstarrte.

Gregor war bestürzt. Ihm ging durch den Kopf, was sein Vater wohl zu dieser Tatsache sagen wird. Seine Sekretärin, der er vertraut hat, steckte offenbar in der Sache mit drin.

Sie nutzten den Moment der Überraschung, drängten Yvonne Breitenfels zur Seite und betraten die Wohnung.

Dort wartete eine weitere Überraschung auf sie. Als Valentina nun dem Mann, der Doro Ziegler am Flughafen in Empfang genommen hat, gegenüberstand, sein Gesicht nicht von einer großen Sonnenbrille bedeckt war, fiel es ihr wie Schuppen von den Augen. Der glatzköpfige, braungebrannte Mann mit Dreitagebart war kein anderer als Gernot Ziegler.

Wie konnte ich nur so blind sein?

»Das ist Ziegler«, zischelte sie Gregor zu.

Der vergaß alle Vorschriften und Zuständigkeiten. Blitzschnell und überlegt ging er auf Ziegler zu.

»Gernot Ziegler, ich verhafte Sie ...«

Ziegler fiel ihm ins Wort. »Dürfen Sie das überhaupt?«

»Amtshilfe«, antwortete Gregor und überlegte kurz, wie er der hiesigen Polizei diesen Einsatz plausibel erklären könnte.

Valentina Montero war über diese Entwicklung mehr als zufrieden. Ziegler lebte. Sie hatten es nicht mit Unfalltod, sondern tatsächlich mit einer offenbar gut durchdachten Flucht zu tun.

Dietrich Berg würde sich freuen.

Eine Tatsache machte ihr jedoch zu schaffen: Noch vor zwei Tagen war sie zweifelsfrei Doro Ziegler stundenlang durch die Geschäfte gefolgt. Doch von ihr fehlte jede Spur.

»Wo ist Ihre Frau?«, fragte Valentina Gernot Ziegler eindringlich.

Auch nachdem Gregor die Frage wiederholte, schwieg Ziegler beharrlich.

Kapitel 23

Gernot Ziegler war geschockt. Dass ihm sein Plan so schnell um die Ohren fliegen würde ... damit hatte er nicht gerechnet.

Wie sind sie mir nur so schnell auf die Schliche gekommen? Welchen Fehler habe ich gemacht?

Seine Gedanken fuhren Karussell.

Jetzt galt es, sich umgehend eine Verteidigungsstrategie zu überlegen, um die zu erwartende Strafe so gering wie möglich zu halten. Ob es gelingen würde, stand in den Sternen.

Und er hoffte, so schnell wie möglich nach Deutschland ausgeliefert zu werden. In einem spanischen Knast zu sitzen, war sicher kein Vergnügen. Besonders wenn man weder die Sprache noch die Mentalität kannte.

In dem Apartment herrschte eine angespannte Stimmung.

Gernot Ziegler hatte keine Möglichkeit, sich mit Yvonne Breitenfels abzusprechen. Und so hoffte er darauf, dass niemand der Anwesenden auf die Idee kam, bohrende Fragen zu ihrer Anwesenheit zu stellen.

Doch diese Hoffnung zerschlug sich, kaum dass er diesen Gedanken zu Ende gedacht hatte.

Während Valentina mit der spanischen Polizei telefonierte, konzentrierte sich Gregor auf die ehemalige Sekretärin seines Vaters. Vielleicht bekam er aus ihr einige Informationen heraus, die Ziegler partout nicht äußern wollte.

»Frau Breitenfels, Sie wissen ja wer ich bin«, begann Gregor die Befragung.

Yvonne Breitenfels nickte.

»Ich bin sehr erstaunt, Sie hier bei Herrn Ziegler anzutreffen. Wie lange kennen Sie sich schon?«

»Herr Berg, ich habe lange genug bei Ihrem Vater gearbeitet, um einige Dinge über Zuständigkeiten zu wissen. Sie haben weder die Berechtigung, Gernot zu verhaften, noch mich zu befragen.«

»Das ist korrekt. Ich hatte gehofft ...«

»Nein.«

»Frau Breitenfels hat mit meiner Sache nichts zu tun. Zugegeben, wir haben eine Affäre. Ich habe mich bei ihr gemeldet; sie wollte mich sehen. Deshalb ist sie hier.«

»Wo ist Ihre Frau, Herr Ziegler?« Andreas, der bisher nur ein stiller Beobachter war, mischte sich ein.

»Wer sind *Sie* überhaupt?«, giftete Yvonne Breitenfels ihn an.

»Ein Kriminalbeamter aus Deutschland.«

»Also noch einer ohne Befugnisse.«

Ehe Andreas antworten konnte, läutete es an der Tür. Endlich. Die spanischen Kollegen waren da. Gregor fiel ein Stein vom Herzen.

***

Während der Fahrt zur Polizeistation saß Gernot Ziegler mit bleichem Gesicht auf dem Rücksitz des Wagens, bewacht von einem mürrisch schauenden Polizisten. Kalter Schweiß bedeckte seine Stirn.

Noch immer hatte er nicht ganz realisiert, dass die Reise für ihn hier zu Ende sein würde.

Und er fürchtete sich vor dem Moment, an dem das hässliche Geheimnis, das ihn mit Yvonne Breitenfels verband, ans Licht kommen würde.

Schreckliche Tatsachen trieben ihn um, bohrten sich durch sein Inneres wie ein scharfes Schwert: Das Schicksal seiner Ehefrau. Doro hatte den höchsten Preis in diesem Spiel bezahlt. Mit ihrem Leben.

Nach seiner Ankunft hatte sie ihm von den Männern erzählt, die sie bedroht hatten und vermutlich auch für die Explosion der Gasflasche verantwortlich waren. Von ihrer panischen Angst, ihrer nächtlichen Flucht

Richtung Comer See. Den mysteriösen Nachrichten.

Er hatte die Typen in Marseille also richtig eingeschätzt. Sie waren nach Deutschland gefahren und hatten seine Frau bedroht, um an noch mehr Geld zu kommen. Er hätte es wissen müssen.

Als er ihr gestand, dass diese Nachrichten jedoch von ihm gekommen waren, um sie nach Zürich zu locken, war sie einen Moment fassungslos gewesen. Nur mit Mühe hatte er sie beschwichtigen können.

Letztendlich überwog jedoch die Erleichterung darüber, dass er am Leben war, wieder bei ihm zu sein und er sie endlich wieder in die Arme nehmen und auch trösten konnte.

Aber das Schicksal wollte mehr. Viel mehr.

Das hatte er weder gewollt noch geplant. Ihm hatte eine andere Variante der Trennung vorgeschwebt.

Doch von einem Moment auf den anderen war er nicht mehr Herr der Lage gewesen. Das Blatt begann sich zu wenden. Andere bestimmten nun den Fortgang des Geschehens.

Das Unheil nahm seinen Lauf, als Yvonne Breitenfels überraschend vor der Tür stand. In diesem Augenblick platzte sein Traum von einem freien Leben ohne Verpflichtungen.

Eine Fehleinschätzung, die er nicht auf dem Schirm gehabt hatte. Niemals hätte er für möglich gehalten, dass sie ihren sicheren Job hinschmeißen würde, um ein ungewisses Leben an seiner Seite vorzuziehen. Und – was das Chaos perfekt machte – diesen Anspruch auf ihn mit einer Aggressivität einforderte, die ihn schockierte.

»Was macht *sie* hier?«, hatte Yvonne geschrien. »Verschwinde, Gernot gehört jetzt zu mir.«

«Gernot, wer ist diese Frau?«

Er hatte nicht gewusst, was er darauf antworten sollte.

Die ahnungslose Doro hatte keine Chance gegen die unverhoffte Attacke gehabt.

Im Bruchteil weniger Sekunden geschah, was nicht mehr gutzumachen war.

Ein Schlag, ein Stoß, Doro stürzte. Ihr Kopf schlug gegen die Kante des Couchtisches. Vorbei.

Diesen dumpfen Knall, dieses schaurige Knacken – Geräusche, die er niemals wieder vergessen würde.

Da endlich hatte Yvonne in ihrer Raserei innegehalten.

»Bist du verrückt geworden? Was hast du getan?«, hatte er sie angeschrien.

»Warum war sie hier? Sie hätte nicht hier sein dürfen.«

»Ist das alles, was du dazu zu sagen hast?«

Sie war ihm wie eine Fremde vorgekommen. Da war nichts mehr von der anschmiegsamen Frau, die ihm so manche Nacht versüßt hatte. Vor ihm stand eine eifersüchtige Furie; außer Kontrolle.

»Warum bist du hergekommen? Das hatten wir so nicht vereinbart. Schau, was du angerichtet hast.«

»Du hast mich lange genug hingehalten. Ich hatte keine Lust mehr darauf zu warten, dass du sie endlich verlässt.«

»Ich hätte das schon noch geregelt.«

»Geschenkt. Jetzt bist du frei. Ich frage noch einmal. Warum ist sie hier?«

«Sie hat mir die Unterlagen aus dem Schließfach besorgt.«

Das zu erzählen, war eine weitere, verheerende Fehleinschätzung gewesen.

»Wir müssen sie wegschaffen.«

Er hatte nur kraftlos genickt. Alles war ihm entglitten. Er war kurz davor, die Nerven zu verlieren.

»Hast du kapiert? Wir müssen sie wegschaffen.«

Er hatte nur genickt und insgeheim gehofft, er würde gleich aufwachen und alles sei nicht wahr; bloß ein böser Traum. Es war kein Traum, sondern bittere Realität.

Es war das Schwerste gewesen, was er jemals hatte tun müssen.

Sie hatten Doros Körper in den Teppich eingewickelt, im Schutz der Dunkelheit zum Auto getragen und waren damit zur verlassenen Lagerhalle am Ende des Hafens gefahren.

Sie dort in dieser schmutzigen Ecke abzulegen, hatte er kaum über sich gebracht. Ein unerträglicher Brechreiz hatte ihn gewürgt, seine Hände hatten gezittert. Er war am Ende seiner Kraft gewesen.

»Los, mach schon. Wir müssen von hier verschwinden.«

Und der Albtraum war noch nicht zu Ende für ihn.

Yvonne nahm die Bankunterlagen an sich und stellte ihre Bedingungen.

»Die bewahre *ich* auf.« Ihr Tonfall ließ keinen Widerspruch zu.

Gernot hatte sie nur müde angesehen; unfähig, ihr zu widersprechen.

»Du hältst die Klappe über das hier und ich verspreche dir, dass ich nichts davon anrühre, bis du wieder freikommst. Deal?«

Noch immer wie versteinert, hatte er schließlich eingeschlagen.

Die bittere Erkenntnis, dass Yvonne Breitenfels der tragischste Irrtum in seinem

Leben war, hatte ihm für einen Moment den Atem geraubt.

***

Der Wagen hielt, er wurde aufgefordert auszusteigen und den Beamten zu folgen.

Die schrecklichen Erinnerungen lockerten für einen Moment ihre Krallen. Die Realität gewann kurz die Überhand und machte ihm erbarmungslos klar: Es ist vorbei …

Kapitel 24

Gregor blieb keine andere Wahl. Zähneknirschend hatte er die ortsansässige Polizei um Amtshilfe bitten müssen.

Als sie Ziegler den spanischen Kollegen übergaben, ernteten sie zuerst ungläubige Blicke. Dann folgten verärgerte, unmissverständliche Beschwerden über ihre eigensinnige Aktion.

»Folgen Sie uns zur Polizeistation. Sie sind uns einige Erklärungen schuldig. Und zwar stichhaltige.«

Dann hatten sie Ziegler abgeführt, in ihren Wagen bugsiert und waren losgefahren.

Er suchte fieberhaft nach Erklärungen.

»Bringen wir es hinter uns. Es wird schon nicht so schlimm werden.« Valentina lächelte Gregor und Andreas aufmunternd an.

Unterwegs kam Gregor kurz in den Sinn, dass keiner von ihnen sich noch einmal um Yvonne Breitenfels und ihre Rolle in dem Schurkenstück gekümmert hatte.

»Wahrscheinlich hat sie ihn mit Informationen gefüttert. Das wird meinen Vater treffen.«

»Beweisen werden wir das nicht können. Mir macht viel mehr Sorgen, was wohl mit Doro Ziegler passiert ist«, meinte Valentina.

»Vielleicht ist sie abgereist, nachdem die Geliebte vor der Tür stand«, meinte Andreas.

»Das wäre mir persönlich die liebste Variante«, meinte Valentina nachdenklich.

»Geht mir genauso. Ob wir es je erfahren werden?«, sagte Gregor.

»Das könnte ein neuer Auftrag für Sie werden«, meinte Andreas.

»Und jetzt hören wir auf Trübsal zu blasen. Schließlich haben wir Ziegler geschnappt.« Valentina lachte lauthals und trommelte vor Freude auf dem Armaturenbrett herum.

Der Taxifahrer schaute zuerst irritiert und schüttelte dann den Kopf. *Touristen.*

Gregors kleinlaute Abbitte konnte die Wogen kaum glätten. Aber sie hatten ja Valentina dabei. Die setzte ihr liebenswertestes Lächeln auf und redete gestenreich auf die Beamten ein. Man konnte hautnah mitverfolgen, wie der Ärger der Herren dahinschmolz.

Gregor schüttelte den Kopf als er deren Reaktionen sah.

Gibt es eigentlich einen Mann, der immun ist gegen die Waffen dieser Frau? Offenbar nicht.

Gregor entschuldigte sich noch einmal und bat Valentina, den Beamten zu erklären, dass Doro Ziegler vermisst wurde. Er bitte die Kollegen darum, nach ihr zu suchen. Es bestehe eventuell Gefahr für Leib und Leben.

Die Polizisten hörten Valentinas Ausführungen zu und nickten zustimmend. »Bien, Señor Colega.«

Zwei Tage später fanden sie Doro Ziegler neben einem leerstehenden Schuppen am Ende des Hafens.

Ihre toten Augen starrten in den kitschig blauen Himmel.

****

Doro Zieglers Tod erschütterte sie alle. Besonders Valentina fragte sich, ob sie das nicht hätte verhindern können. Etwas vor Tagen noch Unvorstellbares war eingetreten und keine Macht der Welt könnte es ungeschehen machen.

Es tröstete sie, dass sie jetzt nicht allein war mit dieser traurigen Gewissheit.

Sie waren sich einig, dass sie unbedingt auf andere Gedanken kommen mussten. Jeder für sich in seinem Hotelzimmer, mache keinen Sinn und Doro Ziegler nicht wieder lebendig.

Und so beschlossen sie, trotz des tragischen Geschehens, ihren letzten Tag in Málaga mit einem gemütlichen Abend an der Hotelbar zu beenden, um auf ihren Erfolg anzustoßen. Immerhin war Ziegler gefasst worden.

Gregor konnte den Moment nicht genießen. Er war angespannt bis in die Haarspitzen. Und er bewunderte einmal mehr, wie locker sich Andreas mit Valentina unterhielt und scherzte.

Warum kann ich das nicht ... unverbindlich flirten?

Aus heiterem Himmel fuhr Valentina ihm mit der Hand ins Haar und zog zärtlich daran. »Das wollte ich schon tun, als wir uns zum ersten Mal begegnet sind.« Sie lächelte ihn an.

Und da wusste Gregor die Antwort auf seine Zurückhaltung: *Gefahr!*

Andreas, der stille, aufmerksame Beobachter, empfand tiefes Mitgefühl für seinen Freund. Ihm wurde gerade wieder vor Augen geführt, wie tiefgreifend diese verdammte Deborah Gregors Verhältnis zu Frauen ruiniert hatte. Da machte eine atemberaubende Frau seinem Freund eindeutige Avancen und dessen Reaktion war Panik. *Sobald wir zurück in Deutschland sind, werden mal wieder ein paar deutliche Worte fällig.*

Er selbst würde jetzt den Zuschauerplatz verlassen. Er traute dieser Valentina durchaus zu, doch noch an ihr Ziel zu gelangen, wenn sie erst einmal mit Gregor allein war.

Er gähnte vernehmlich und schaute auf seine Uhr. »Mach mich mal los. Will noch mit Katja telefonieren. Gute Nacht.«

Gregor hätte am liebsten gerufen: *Lass mich nicht allein!* Doch das wäre der Gipfel an Peinlichkeit gewesen. Schließlich gingen sie beide nicht mehr in den Kindergarten.

Andreas nickte den beiden aufmunternd zu und ging.

Gregor war allein mit Valentina Montero, dieser begehrenswerten Frau. Er sehnte sich danach, es ihr gleich zu tun und seine Hände in ihr schönes, dichtes Haar zu wühlen; seinen Mund auf diese sinnlichen roten Lippen zu pressen.

Er ließ es bleiben.

Wohin sollte das führen … er und diese Frau?

Die Bruchstücke seines Herzens waren gerade wieder halbwegs gekittet. Einen erneuten Crash würde es wohl kaum überstehen.

Er wartete die Anstandsviertelstunde ab, leerte sein Glas und rutschte vom Barhocker.

»Zeit für mich. Ist schon spät.«

Valentina sah ihn stumm an, beugte sich zu ihm hin und flüsterte: »Danke, dass du mir geholfen hast, Gregor. Das war nicht selbstverständlich.«

Ihr Atem streifte sein Gesicht und brachte ihn fast um seine mühsame Beherrschung.

Sie lächelte ihn an und hauchte zu allem Überfluss noch einen Kuss auf seine Wange.

»Schlaf gut, Gregor. Träum was Schönes.« Dann wandte sie sich dem Barkeeper zu, deutete auf ihr leeres Glas und nickte.

Gregor schlich davon wie ein geprügelter Hund, der den Knochen nicht ergattert hat.

Ehe er den Raum verließ, drehte er sich noch einmal nach ihr um. Sie war in ein angeregtes Gespräch mit dem Mann hinter dem Tresen vertieft und der starrte schamlos in Valentinas großzügiges Dekolletés.

Genau das ist der Punkt, dachte Gregor frustriert. *Eine Frau wie Valentina hat man nie für sich allein. Und darauf habe ich null Bock.*

Die Tür fiel hinter ihm ins Schloss und trennte ihn von allen Versuchungen.

»Idiot«, murmelte er und betrat den Fahrstuhl.

***

Man sah ihm die unruhige Nacht an. Kein Auge hatte er zugetan. Zu viele Dinge waren ihm durch den Kopf gegangen.

Noch immer schallt er sich einen Idioten, weil er Valentinas unmissverständliche Einladung ignoriert und stattdessen mit einem Knoten im Magen in sein Hotelzimmer geschlichen war. Wie im Schnelldurchlauf waren die Fehltritte der letzten Wochen an seinem inneren Auge vorbeigerast. Er hatte schon genug Vorschriften links liegen lassen; eine Nacht mit Valentina Montero hatte er nicht noch hinzufügen wollen.

Andreas ahnte, was in Gregor vorging. Als der ihm kurz nach Mitternacht ins Hotelzimmer gefolgt war, hatte er sein Buch beiseitegelegt und ihn fragend angesehen.

Doch es kam weder zu einer Diskussion noch zu einem klärenden Gespräch.

»Frag nicht«, hatte Gregor gemurmelt und die Tür zum Badezimmer hinter sich geschlossen.

Da hat also mal wieder die Vernunft gesiegt. Schade. Er hätte seinem Freund ein prickelndes Abenteuer gegönnt.

***

Die Fahrt zum Flughafen verlief schweigend.

Selbst Valentina versteckte sich ganz gegen ihre Art wortlos hinter ihrer großen Sonnenbrille.

Es kam selten vor, dass sie ihre wahre Stimmung zeigte. Doch gerade war ihr nicht nach leichten Worten zumute. Und das hatte mit dem Mann zu tun, der hinter ihr im Wagen saß. Diesem attraktiven, sturen Kerl, der einfach nicht kapieren wollte, wie sehr sie sich nach ihm sehnte.

Nach dem gestrigen Abend und in den vielen schlaflosen Stunden danach, hatte sie eine Entscheidung getroffen. Sie brauchte Abstand; von ihm und den Gefühlen, die sie für ihn hatte.

Sie würde ihren Flug in ihr Geburtsland vorziehen, mit Thiago ein letztes Mal Tango tanzen. Dieses Mal nur tanzen. Er würde das verstehen und akzeptieren.

Sie hatten sich versprochen, immer ehrlich zueinander zu sein, keine Spielchen zu spielen. Und jetzt waren die kraftvollen Empfindungen für Gregor dazwischengekommen. War es Liebe?

Die Tage unter Freunden, die Gespräche und langen Spaziergänge am Strand würden ihr sicher helfen, die Dinge klarer zu sehen.

Gregor legte sich die abenteuerlichsten Vermutungen zurecht. Am Ende kam er zu der Überzeugung, dass sie wohl ebenfalls eine schlaflose Nacht hinter sich haben musste.

Doch im Gegensatz zu ihm, hatte sie sich nicht ihren hübschen Kopf zermartert, sondern sicher die Zuwendung des Barkeepers genossen. Dessen Interesse war nicht zu übersehen gewesen.

Je länger er darüber nachdachte, desto wütender wurde er auf sich selbst.

Warum dachte er so schlecht von ihr? Warum nahm er an, sie wäre leichtfertig für jedes Abenteuer zu haben? Warum war es für ihn keine Überlegung wert, sie könnte wegen ihm und seinem Verhalten so schweigsam sein?

Am Ende kam er wieder zu der Überzeugung zurück, dass ihre offensichtlich schlaflose Nacht ganz sicher nichts mit ihm zu tun hatte und wunderte sich über das bohrende Gefühl, das diese Überlegung bei ihm auslöste.

***

Gregor könnte zufrieden den Kopf zurücklehnen und der Ankunft in Deutschland entgegendämmern. Ziegler in Untersuchungshaft; der Ärger über seine grenzwertige Aktion würde sich in Grenzen halten.

Doch die Frau neben ihm versetzte ihn in Aufruhr. Alles an ihr, ihr Duft, ihre Blicke, ihr leises Lachen, zog ihn an.

Habe ich gerade geseufzt?

Valentinas Hand schob sich in seine und ihr Kopf nahm an seiner Schulter Platz.

Bisher war er der festen Überzeugung gewesen, in einem Flugzeug sei man vor Blitzschlag sicher, doch das musste eine Lüge sein, denn gerade flossen Hunderttausend Volt durch seinen Körper.

»Fass mich besser nicht an, Valentina«, brachte er mühsam hervor, »ich könnte sonst Dinge tun, die uns mit Sicherheit eine Nacht in der Arrestzelle bescheren würden.«

Sie lachte leise dieses spezielle Lachen und flüsterte: »Das wäre die Sache allemal wert.«

Und in diesen wenigen Worten lag für ihn eine Verheißung auf aufregende Stunden nach der Landung.

Epilog

zwei Jahre später ...

Hinter Dietrich Berg lagen schwere Wochen. Der Prozess gegen Gernot Ziegler hatte ihm ein Wechselbad der Gefühle beschert.

Jeden Tag in die hoffnungsvollen Gesichter seiner Mandanten blicken zu müssen, wohlwissend, dass ein Großteil ihres Geldes wohl verloren ist, belastete ihn über Gebühr.

Viele von ihnen waren gekommen, um aus erster Hand zu sehen und zu hören, ob ihnen Gerechtigkeit zuteilwerden würde. Die Hendrichs, deren Familienbetrieb in die Insolvenz getrieben worden war und Doro Zieglers Eltern, die hofften, dass Ziegler auch für den Tod ihrer Tochter zur Verantwortung gezogen werden würde.

Bis zum Schluss behauptete der jedoch, mit dem Tod seiner Ehefrau nichts zu tun zu haben. Vielmehr beschuldigte er Kriminelle, die angeblich auch für das Verschwinden eines Großteils des von ihm ergaunerten Geldes verantwortlich seien. Es sei ein großer Fehler gewesen, sich in diesen Kreisen Hilfe zu suchen. Seine geliebte Ehefrau habe dafür mit dem Leben bezahlt.

Auf diese theatralisch vorgetragene Erklärung, hatte Dietrich Berg nur mit einem müden Kopfschütteln reagiert. Alles andere wäre unangemessen gewesen.

Dass Ziegler für fünf Jahre ins Gefängnis gehen musste, war nur ein schwaches Trostpflaster.

Doro Zieglers Tod würde wohl ungesühnt bleiben. Und auch die Rolle, die seine ehemalige Sekretärin, Yvonne Breitenfels, bei der Geschichte gespielt haben mochte, blieb im Dunkeln. Ziegler bestritt jegliche Beteiligung.

Fünf Jahre! Viele Leute im Zuschauerraum hatten nach der Urteilsverkündung gebuht; Doros Mutter war in Tränen ausgebrochen.

Für Dietrich Berg war klar, dass eine Revision keine Verschärfung der Strafe bringen würde und so riet er seinen Mandanten schweren Herzens davon ab.

Bei guter Führung wäre Ziegler vermutlich nach drei Jahren wieder in Freiheit. Ob er dann vor dem Nichts stünde, wie er vor Gericht mehrfach betont hatte, würde sich noch zeigen.

Wenn es nach ihm ginge, würde er ihn danach im Auge behalten. Vielleicht gab es irgendwo einen Ort, an dem er sein Vermögen versteckt hat. Eine kleine Hoffnung für Berg und seine Mandanten.

Die Tatsache, dass Informationen aus seinem Büro auch zur frühzeitigen Flucht Zieglers beigetragen hatten, belastete ihn monatelang.

Er stellte sich wieder und wieder die Frage, ob die ganze Sache ein anderes Ende genommen hätte, wenn Gernot Ziegler rechtzeitig verhaftet worden wäre.

Zumindest dessen Frau wäre dann mit Sicherheit noch am Leben.

Über den Aufenthaltsort von Yvonne Breitenfels herrschte bis zum Schluss Unklarheit.

***

Dietrich Berg war froh, dem Presserummel, den das Urteil mit sich brachte, zu entkommen.

Liane und er waren auf dem Weg nach Kalifornien, um ihren Sohn Jonas zu besuchen. Für seinen Geschmack viel zu lang, hatten sie sich nicht mehr gesehen und er freute sich aufrichtig auf dieses Wiedersehen.

Und er wünschte sich nach all den Aufregungen harmonische Tage. Das lag aber nicht in seiner Macht.

Ob Liane begriffen hat, dass ihre Söhne erwachsen sind und ihre eigenen Wege gehen, fragte er sich und griff nach der Hand seiner Frau.

»Den größten Teil der Strecke haben wir hinter uns.«

»Ich bin aufgeregt, Dietrich.«

»Das musst du nicht. Ihr habt doch schon mehrmals miteinander telefoniert.«

»Es fällt mir schwer …«

»Versuche es zu akzeptieren, Liane. Ich möchte, dass es schöne Tage für uns alle werden. Kriegst du das hin?«

Liane nickte.

»Gut.« Dietrich drückte ihre Hand beruhigend.

***

Der lange Flug steckte allen noch in den Knochen. Aber unter der Sonne Kaliforniens, die von einem wolkenlosen Himmel schien, fiel so manche Last von den Schultern der Menschen, die sich zu einem besonderen Anlass in dem noblen Strandhaus an der Pazifikküste nahe San Francisco eingefunden hatten.

Jonas und seinem Lebensgefährten Josh war die Familienzusammenführung zu verdanken. Und nachdem auch Liane nach einem langen, intensiven Gespräch mit den beiden Männern leichteren Herzens die Entscheidung ihres Ältesten akzeptieren konnte, schien einer wunderbaren Zeit nichts mehr im Weg zu stehen.

Dietrich blickte zufrieden auf die Menschen, die ihm allesamt am Herzen lagen. Sie alle waren in den letzten Jahren an Weggabelungen gekommen, die Widerspruch, Unverständnis, Verzagtheit, Misstrauen und auch Angst bei ihnen hervorgerufen hatten.

Sie schienen sie zu ihren Gunsten gemeistert zu haben.

***

Der Pazifik bot einen spektakulären Anblick. Diese Weite bis zum Horizont, das gemächliche Dahingleiten der Wolken, die beständige Regelmäßigkeit des Wiederkehrens und Zurückweichens der Wellen. All das war dazu geeignet, Perspektiven zu erweitern und manches neu zu überdenken und einzuordnen.

Das galt auch für das Paar, das Hand in Hand am Strand entlanglief.

Sanfte Wellen umspielten hin und wieder ihre nackten Füße, eine leichte Brise wirbelte ihre Haare umher. Der Rhythmus ihrer Bewegungen drückte Gleichklang aus.

Zwei Menschen auf dem Weg zu einem gemeinsamen Ziel.

Valentina blieb stehen und sah Gregor ernst an.

»Gregor, willst du mich heiraten?«

Er lachte schallend. »Wann?«

»Jetzt gleich!«

»Du bist verrückt, Valentina.«

»Ja. Nach dir ... Also ... willst du?«

»Unbedingt!«

Valentina strahlte ihn an. »Dann los. Sie warten schon auf uns.«

Gregor verstand kein Wort. »Wer wartet wo?«, fragte er verdattert.

»Noch ein paar Schritte und du wirst sehen.«

Er küsste sie innig. »Dann mal los ...«

Sie liefen um die nächste Biegung und nicht weit entfernt tauchte ein weißer Baldachin auf; bunte Bänder flatterten im Wind.

Nach wenigen Schritten erkannte Gregor die Menschen, die dort auf sie zu warten schienen: Seine Eltern, Jonas, Josh und ... Warum standen dort Andreas und Katja?

Ihm dämmerte, dass über seinen Kopf hinweg ein Plan geschmiedet worden war.

Als sie nah genug waren, hob Valentina den Daumen und es brach Jubel aus. Andreas und seine Frau gaben sich begeistert ein High Five.

Liane Berg umarmte ihren Sohn fest und flüsterte gerührt: »Mein Junge.«

Dietrich Berg, der Valentina liebte, wie eine eigene Tochter, war überwältigt von dem, was da geschah. Sein Sohn hätte keine bessere Wahl treffen können. Aber wenn man es genau nahm, war dem offensichtlich die Wahl ein Stück weit abgenommen worden.

»Ich wünsche euch alles Glück der Welt.« Dietrich, der seine Rührung kaum verbergen konnte, wischte sich verlegen über die Augen.

Über die schmale Holztreppe, die vom Strandweg herunter führte, kam ein dunkelgekleideter Mann würdevoll auf sie zu.

Josh schüttelte ihm zur Begrüßung die Hand. »Danke, Mister Clark, dass Sie sich Zeit für uns nehmen und hierhergekommen sind. Wir wissen das zu schätzen, Sir.«

Clark nickte. »Nun, es ist mein Job und Sie sind nicht die ersten, die diese beeindruckende Kulisse für den wichtigsten Tag in ihrem Leben ausgewählt haben.«

»Darf ich vorstellen. Das ist Friedensrichter Clark ... Bist du bereit, Bruder?«

Jonas sah Gregor lächelnd an, griff in seine Hosentasche, holte eine kleine Schatulle hervor und reichte sie Gregor.

Als der sie öffnete, glänzten zwei schlichte Ringe im Sonnenlicht.

Gregor hatte das Gefühl, das Herz springe vor Aufregung und Glück aus seiner Brust. Ihm fehlten die Worte. Träumte er oder war er wirklich kurz davor, die bezauberndste Frau der Welt zu heiraten?

Er nickte sprachlos und überwältigt.

»Dann los, Mister Clark, Sir, walten Sie Ihres Amtes. Mein Bruder und ich sind bereit, den Menschen, die uns alles bedeuten, ein Eheversprechen zu geben.«

***

Als an diesem ereignisreichen Tag die Sonne sich anschickte, im Pazifik zu versinken, waren Andreas und Katja bereits auf dem Weg zum Flughafen. Sie wollten so schnell wie möglich nach Hause zu ihrem kleinen Sohn.

Jonas saß mit Josh und seinen Eltern bei einem Glas Rotwein. Sie alle bewegte noch, was sich vor einigen Stunden am Strand abgespielt hatte.

Während die Männer in ein Gespräch vertieft waren, schaute Liane hinaus auf die weite Wasserfläche und hing dabei ihren Gedanken nach.

Jetzt waren ihre beiden Söhne verheiratet, so wie sie es sich immer gewünscht hatte, wenn auch anders, wie sie es sich vorgestellt hatte.

Mit der Wahl ihres Ältesten hatte sie lange gehadert, aber letztendlich seine Entscheidung akzeptiert. Er schien glücklich zu sein. Nur das zählte.

Was Gregor betraf, ging es ihr wie ihrem Mann. Valentina hatte ihr Herz im Sturm erobert.

Und nachdem die sich endlich ein Herz gefasst und Gregor und ihnen erzählt hatte, woher sie kommt, welche Geschehnisse unmittelbar mit ihrer Familie verbunden sind und dass, seit ihre Großmutter Ana gestorben ist, niemand mehr da war, hatte sie sie tief betroffen in die Arme genommen und ihr versprochen, dass von nun an *sie* immer für sie da sein würde.

Ein wenig Wehmut überkam sie dennoch, wenn sie an die schlichte Zeremonie am Strand dachte. Sie hatte sich die schöne, junge Frau immer in einem opulenten Brautkleid vorgestellt. Aber auch hier zählte nur das Glück der beiden.

Ich musste viele Vorurteile überwinden und ich werde versuchen, mich in Zukunft aus den Angelegenheiten meiner Söhne heraus- zuhalten, war ihr fester Vorsatz.

Liane griff zu ihrem Glas und trank auf das Glück der beiden Paare.

Gregor und Valentina standen eng-umschlungen auf der Terrasse des Strandhauses und sahen dem grandiosen Schauspiel zu.

So viele Dinge gingen ihm durch den Kopf. Dass er jetzt mit Valentina verheiratet war, kam ihm noch immer surreal vor.

Lange hatte nichts auf diese Möglichkeit hingedeutet.

Nachdem sie vor zwei Jahren aus Málaga zurückgekommen waren, war Valentina von einem Tag auf den anderen aus seinem Leben verschwunden. Niemand – auch sein Vater nicht – wusste, wo sie sich aufhielt.

All seine Hoffnung, die während des Heimfluges in ihm aufgekeimt war, war in sich zusammengesunken, wie ein Soufflé nach unsachgemäßer Behandlung.

Dann, nach einem halben Jahr, hatte sie vor seiner Tür gestanden, ihn wortlos angesehen und schließlich leidenschaftlich geküsst.

Noch immer fiel es ihm schwer, seine Gefühle dieses Augenblicks in Worte zu fassen.

Was er in den besonderen Tagen empfunden hat, als er Valentina endlich in seinen Armen hielt, war zu überwältigend für ihn gewesen. Sie hatten sich einander hingegeben, staunend, erforschend, ohne Vorbehalt.

Wenn sie endlich Schlaf fand, hatte er dagelegen und sie angesehen; manchmal behutsam nach ihr getastet, um zu fühlen, dass sie wahrhaftig neben ihm lag. Valentina, aus Fleisch und Blut, in ihrer ganzen Schönheit. Kein Traum.

Doch nach dem ersten leidenschaftlichen Rausch waren in langen, schlaflosen Nächten unüberhörbar wieder die alten Zweifel in seine Gedanken gekrochen.

Würde Valentina bei ihm bleiben?

Nun standen sie hier vor dieser traumhaften Kulisse und waren Mann und Frau.

Als hätte sie seine Gedanken erahnt, hörte er sie flüstern: »Ich liebe dich, Gregor. Für immer. Versprochen.«

Hinweise

Alle Personen und Geschehnisse sind Fiktion.

Christa Lieb

Informationen zu meinen Büchern gibt's auf meiner Homepage unter

http://www.christa-lieb.de

oder auf meinem Blog

http://www.schreibtraeume.de